권왕의
레이드

**권왕의
레이드** 2

초판 1쇄 인쇄일 2016년 6월 23일 | **초판 1쇄 발행일** 2016년 6월 28일

지은이 장쯔 | **펴낸이** 곽중열 | **담당편집 팀장** 이범수
편집부 신연제 이윤아 홍현주 김유진

펴낸곳 (주)조은세상 | **출판등록** 제 2002-23호
주소 경기도 연천군 미산면 청정로 1355
TEL 편집부 02)587-2966 | FAX 02)587-2922
e-mail bukdu@comics21c.co.kr

장쯔 ⓒ 2016
ISBN 979-11-5832-595-4 | ISBN 979-11-5832-593-0(set) | 값 8,000원

귀왕의
레이드

NEO MODERN FANTASY STORY & ADVENTURE

장쯔 현대 판타지 장편소설

북두
(주)조은세상

CONTENTS

8. 솔로잉(2) 7

9. 만남 31

10. 경매 57

11. 모노드라마 81

12. 미국행 145

13. 일상 179

14. 몬스터 웨이브 203

15. 월드 투어 279

8. 솔로잉(2)

8. 솔로잉(2)

지후는 이곳이 대충 정리가 되자 샤벨타이거 사체들을 아공간 반지에 쓸어 담았다.

아이템이고 뭐고 확인은 길드에 가서 길드원들을 시키면 될 일이다.

그러기 위해 가입한 길드가 아니었던가.

샤벨타이거들을 다 쓸어 담은 지후는 던전 전체로 기감을 넓혔고 묘한 미소를 짓고 있었다.

"쫄았나? 몬스터들이 쫄기도 해?"

전체적으로 고르게 분포되어있던 몬스터들은 지금 모두 한 곳에 모여 있었다.

바로 보스의 방 문 앞에 모여 있는 것이었다.

본능적으로 그 곳이 그나마 안전하다고 느꼈고 뭉쳐야만 한다고 생각했기에 모든 샤벨타이거들이 그곳에 뭉쳐 있었다.

몬스터들이 알아서 서로를 불러서 덤벼주고 이제는 겁을 먹고 뭉쳐있다.

자신이 귀찮게 일일이 찾아다니지 않아도 편하게 클리어를 할 수 있게 되어 지금 지후의 기분은 몹시 좋았다.

5분 정도 걸어가자 모여 있는 몬스터들이 보이고 있었다.

"하이! 바이!"

지후의 입에서 안녕이란 말이 반갑다는 인사와 이별의 인사로 쓰이고 있었다.

두 주먹에는 금빛의 권강이 휘몰아치고 있었고 그 순간 지후가 딛고 있던 땅이 움푹 파였고 지후는 샤벨타이거들을 향해 총알처럼 튀어나갔다.

크아아악!

엄청난 충돌음? 아니다. 그저 몬스터들의 악에 바친 살려달라는 비명만이 던전에 울려 퍼졌고 지후의 학살이 시작되었다.

쾅 쾅 콰콰콰콰쾅!

지후의 권강이 닿을 때마다 터져나가는 몬스터들의 소리였다.

콰직!

샤벨타이거들은 반항도 하지 못하고 전신의 뼈들이 으깨지며 죽어가고 있었다.

지후가 부산물 가격을 생각해서 최대한 신경 쓰고 있었지만 정작 지후 자신은 샤벨타이거들이 토해내는 피분수를 맞으며 전신이 붉게 물들어 갔다.

샤벨타이거보다 더 몬스터 같아 보이는 지후의 섬뜩한 모습에 시청자들의 대부분은 앞으로 방송을 보기 전에 미리 기저귀를 준비해야겠다는 생각을 하게 되었다.

뚜벅 뚜벅.

보스 전만을 남겨둔 던전은 조용했고 발걸음 소리마저 엄청 크게 들릴 정도로 정적이 감돌고 있었다.

지후의 발걸음 소리가 던전을 울리고 있었고 지후가 걸을 때마다 바닥에는 핏빛 발자국이 생기고 있었다.

몬스터들의 육편과 뇌수들이 늘러 붙어 있었기 때문이다.

그것은 시청자들의 긴장감을 고조시켰다.

지후의 눈앞에는 체구가 3미터는 되어 보이는 보스몬스터인 포이즌 샤벨타이거만이 남아있었다.

"꿀꺽."

몬스터의 목젖으로 마른 침이 넘어가는 소리가 조용한 던전에 들리고 있었고 시청자들은 그 모습을 보며 등괴 손에 땀이 흐르고 있었다.

이제 앞에 보이는 보스몬스터만 끝내면 이 던전도 안녕이다.

순간 지후의 주변에는 5개의 금빛 구체의 형상을 하고 있는 강기들이 떠오르고 있었다.

'오늘 오랜만에 무리 좀 해볼까?'

콰과과과쾅

순간 지후의 금빛 강기들이 보스몬스터인 3미터는 되 보이는 포이즌 샤벨타이거에게 향했고 엄청난 폭음이 던전을 매우고 있었다.

그 폭발음은 한번으로 그치지 않고 던전을 연달아 울려갔다.

보스몬스터는 말 그대로 걸레였다.

형체조차 못 알아볼 정도로 조각조각 자리하고 있는 보스몬스터를 보며 지후는 한숨을 쉬었다.

'실수했네…. 이러면 돈이 안 되는데…. 보스몬스터한테는 마정석 밖에 못 건졌네. 가죽이 그렇게 비싸다던데…. 방송은 좀 팔렸나? 시청자들이 후원금을 많이 보내주기를 바래야 하나…? 하이라이트 영상 편집 좀 신경 쓰라고 말해야겠네.'

후원금? 많이 들어왔다. 그것도 상상할 수 없을 정도로.

각 국가의 정상들과 잘 나가는 길드, 그리고 기업들은 지후의 방송을 보고는 엄청난 후원금을 보내기 시작했다. 후원금을 보내서 호감을 갖게 할 생각이었고 후원금 목록에 자신들의 이름이 상위에 위치하기를 원했기 때문이다.

그럼 지후가 나중에 만났을 때 호감을 보이지 않을까 생각하면서 쉬지 않고 후원금을 보내고 있었다.

지후는 던전을 나와 옷을 갈아입고 있었다.

정장의 자켓을 벗고 셔츠는 피에 절어 굳어버린 단추들이 잘 안 움직이자 지후는 귀찮아서 셔츠를 찢어 버렸다.

그리고 바지를 내리려다가 살며시 드론들을 바라보며 입을 열었다.

"팬서비스는 여기까지. 그럼 내일 뵙겠습니다."

지후의 완벽한 상체를 잠시나마 감상한 시청자들은 바지를 내릴 타이밍에서 방송이 종료 됐다는게 너무나 아쉽고 슬펐지만 어쩔 수 없었다.

방송은 지후 마음이니까. 팬서비스는 강제할 수 없었기에.

그저 여성들은 지후가 자신의 이름이라도 알아주기를 바라며 지갑을 열며 후원금을 보냈지만 후원금 랭킹의 상단을 차지할 수는 없었다.

상단에는 국가 정상늘의 이름이 떡하니 적혀 있었고 넘을 수 없는 통곡의 벽이었다.

1위에는 미국의 오마바 대통령의 이름이 쓰여 있었고 20위권에는 엄청난 금액들이 실시간으로 서로 상위권으로 올라가기 위한 치열한 경쟁이 진행되고 있었다.

물론 가장 박빙은 1,2위 싸움이었다. 2위는 중동의 왕자였는데 간만에 오일머니와 미국의 싸움이 진행되며 실시간으로 순위가 바뀌며 치열해져 갔고 최후에 웃는 자는 지후였다.

지후가 길드에 도착하자 수혁과 지현 그리고 박소영이 수혁의 방안에 모여 있었다.

"야 진짜 완전 대박 터졌어!"

"뭐가? 누나는 제발 호들갑 좀 떨지 마."

"내가 호들갑을 안 떨게 생겼니? 너 방송시청자 백만 명 돌파했던데? 아마 입소문 나면 내일은 더 늘어나겠지."

"백만?"

"응!"

"오백억?"

"응! 그런데 후원금은 더 장난 아니던데?"

"지금 미국이 네 후원금에 삼백억 보냈어. 그리고 실시간으로 계속 올라가다가 지금 방송이 끝나서 멈춰있지만 내일 방송하면 더 올라갈 걸? 그리고 상위 20위권은 대부분 100억 이상 보냈어. 100위권까지는 10억 이상이 대부분이고…."

"와…. 무슨 레이드 한 것보다 방송이 더 벌어?"

"그거야 처남이 다른 레이드 방송이랑은 급이 다르니 그렇지. 어떤 길드도 어떤 대단한 헌터도 시도해 본적이 없는 1인 레이드잖아. 그것도 A급 던전을 클리어 해버린."

"뭐 아무튼 몬스터 부산물들은 어디에 놓고 가면 되요?"

"그건 지하2층에. 거기에 장인어른 회사에서 와서 대기중이야."

"아 맞다. 형. 그 뭐냐 몬스터들 어그로를 끌어들이는 아이템 있어요? 일일이 찾아다니기도 귀찮은데 한번에 모아서 쓸어버리면 빠르고 좋을 것 같은데."

"있기는 한데… 탱커들이 옛날에 많이 썼거든. 그런데 시동어를 들은 몬스터에게 적용되거든. 혹시라도 주변에 몬스터들이 많으면 여러 몬스터가 시동어를 듣고 달라붙어서 망한 아이템이지."

"그럼 그것 좀 구해줘요."

"그거? 그냥 줄게. 길드 아이템 창고에 하나 있어. 소영아 어그로 반지좀 갖다 줄래?"

"네."

소영은 반지를 가지러 나갔고 들고 왔을 때 지후는 반지를 보고는 인상을 찡그리고 있었다.

[어그로 반지 – 시동어 : 컴온 요. 이리 오너라.]

"이게 처음 등록 할 때 시동어를 2개까지 입력 할 수 있거든… 그런데 3팀의 좀 떨어지는 녀석이… 이런 시동어를 등록해 놔서…"

이건 분명히 시동어 때문에 창고에서 썩고 있던 느낌이 강하게 나는데?

미쳐도 정도껏 미쳐야지. 저런 유치한 시동어를….

"이거 등록한 새끼…. 지금 길드에 있어요?"

"아 지금은 현장에서는 은퇴하고… 분석 팀에…."

귀찮아서 내가 참는다.

"하…. 아무튼 하이라이트 영상 좀 신경 쓰라고 해주세요. CG랑 배경음악이랑 슬로우 좀 잘 걸라고."

"안 그래도 영상 팀 작업 들어갔다더라. 오늘 아홉시쯤 올릴 거라던데. 솔직히 네가 클리어를 빨리 해버려서 할 게 많지는 않다고 하더라."

지후의 첫 솔로잉은 엄청난 성과를 보였다.

아직 판매가 이루어지지는 않았지만 던전에서 얻은 수입만 적어도 3천억은 될 것 같았다.

부가 수입은 마지막에 확인해 봐야 할 문제였지만 말이다.

그리고 지후는 때 아닌 완판남 대열에 합류해 있었다.

지후는 던전에 들어갈 때 딱히 갑옷을 입거나 하지는 않았고 그저 자신의 옷장에 굴러다니는 명품 옷을 입고 던전에 왔다.

그날 밤부터 서로 자신들의 옷을 입어 달라며 길드에는 문의 전화가 쇄도 했고 전화선을 뽑아놓자 무작정 길드로 옷을 보내기 시작했다. 지후의 옷걸이가 너무나 좋아서 오늘 레이드를 할 때 입었던 브랜드의 옷을 모델보다 더 잘 살려주고 있었기 때문이다.

하나같이 쉽게 입을 수 없는 명품 메이커들이 서로 자신의 옷을 입어달라며 보내 주었지만 지후의 눈엔 그저 옷 일 뿐이었다.

지후는 코디네이터를 한명 섭외해서 자신과 어울릴만한 옷만 옷장에 넣어두고 수혁에게 주라고 넘겼고 수혁은 지현이 골라준 것만을 챙겼고 나머지는 길드원들에게 배포했다.

어차피 대부분 집에서 트레이닝 복을 입고 전설대전을 하는 지후였기 때문에 옷에 큰 관심이 없는 지후였다.

졸지에 길드의 남자 길드원들은 나날이 명품 옷들이 늘어갔고 여자 길드원들과 지현은 지후에게 제발 가방을 한 번만 들고 던전에 가줄 수 없냐는 말도 안 되는 말을 했다가 처음으로 길드 차원의 얼차려가 실행되었다.

지후는 다음날 방송에서 한 가지 공약을 걸었다

보내준 호의가 호의인 만큼 랭킹 10위까지의 이름은 자신의 가슴속에 꼭 간직하겠다고. 그리고 랭킹 1위와는 술자리를 2위와는 대화의 시간을 갖자고 말했고 후원금을 보내준 사람 중에 랜덤으로 1명을 뽑아 시간 될 때 점심식사를 하자며 공약의 마침표를 찍었다.

그 공약은 엄청난 파장을 몰고 왔다.

사람들은 돈에 미친놈이라고 했지만 그럼 공짜로 몬스터를 잡는 헌터가 있냐는 여성 팬들에 의해 찍소리도 못하고 묵살되었고 상위권의 경쟁은 점점 치열해져만 갔지만 치열해질수록 지후는 활짝 웃었다.

오히려 레이드로 얻은 수입이 초라해 질 정도로 엄청난 후원금이 쌓이고 있는 지후였다.

그 후 무리 없이 지후의 솔로잉은 계속 되었고 계획했던 마지막 솔로잉인 6번째 레이드를 앞두고 있었다.

"팀장님. 앞으로 더 이상은 솔로잉을 하지 말아달라는 항의가 빗발치고 있습니다."

"뭐? 대체 뭔 소리야? 누가 그래?"

"국내 기업들과 대부분의 국내 길드들입니다."

"이해가 안 가는데 제대로 설명해봐. 던전을 클리어하면 안전해 지고 좋은 거잖아?"

"그게 맞는 거지만. 길드들이나 기업들은 자신들이 얻어야 할 이익을 팀장님께서 가져가신다고 생각하고 있습니다."

"그럼 진작에 지들이 처리하지. 내가 해주면 고맙다고 해도 모자를 판에."

"원래 던전이라는 곳이 소유권이 애매한데 협회에서 요즘은 처음 발견하는 길드에 소유권을 인정해 주고 있습니다. 어차피 협회는 수익금에서 분배 받는 것으로 충분하니까요. 그리고 소유권을 얻은 길드들은 던전을 자신들의 길드가 클리어 하도록 하죠. 그게 힘들 때는 일정 금액을 받고 던전에서 나온 것에 대한 이익을 취합니다. 하지만 팀장님께서는 한 번도 수익금을 소유 길드에 분배해 주신 적이 없습니다."

"난 지금 처음 알았는데?"

"그러십니까…?"

"응. 그리고 알았어도 안 주지. 지네가 안 한 걸 내가 대신해 준 건데. 던전들 터지면 지네가 보상할 건 아니잖아? 그러면서 무슨 소유권이야. 지랄하지 말라고 해. 그래서 오늘도 던전 가지 말래?"

"오늘까지는 가능 하십니다. 제가 마지막으로 오늘까지 레이드하고 당분간 계획이 없다고 말해서 오늘까지는 인정해 준다고 했습니다. 하지만 다음부터는 미라클 길드가 소유한 던전을 가거나 솔로잉은 하지 말아달라는 요구입니다."

"인정? 요구? 언제 한번 푸닥거리를 해줘야겠네. 누가 누굴 인정하고 누구한테 요구를 한다는 거지? 그런데 솔로잉은 왜 하지 말라는 건데?"

"그게…. 팀장님께서 길드에 오시고 3대 길드 소리를 듣던 길드들은 다들 순위가 하락했습니다. 지금은 미라클 길드가 명실상부한 1위 길드지요. 그리고 팀장님께서 1인 레이드를 하시면서 대한민국에 있는 길드들의 명성이 많이 떨어졌습니다. 일반인들의 시선에선 팀장님 혼자 할 수 있는 일을 단체로 하고 있으니까요."

"질투라 이건가? 역시 잘난 놈은 피곤하네."

"······"

"내가 레이드를 하고 싶으면 하는 거고 그게 누구의 던전이더라도 상관없어. 그렇게 전해."

"그럼 다른 길드들과 관계가 불편해 집니다."

"뭐 어때? 솔직히. 지들이 약한 걸 어쩌라고. 그리고 던전은 클리어를 해서 부산물로 장사를 해야지. 던전 자체로 하면 안 되지. 터지면 일반인들은 다 죽는 건데."

"그런데 부산물들은 계속 아버님의 회사에만 납품하실 계획이신가요?"

"당연하지. 그럼 어디에 보내. 근데 내가 우리 가족한테 판다는데 그것도 문제가 되?"

"아무래도 양이 양이니까요. 팀장님이 벌은 돈이 3대 길드 한 분기 실적을 압도 합니다. 그런 먹이를 보고만 있을 기업들은 아니니까요. 그리고 아버님의 회사도 물량을 대부분 소화하지 못하고 있습니다."

"혹시 우리 아빠 회사에 장난질 치는 놈들은 없지?"

"네. 아직은 없습니다만 아주 움직임이 없는 건 아닙니다. 아직은 팀장님과 미라클 길드의 눈치를 보고 있습니다만 언제까지고 그런다는 보장은 없습니다. 사실 팀장님이 없었다면 이미 아버님의 회사도 대기업들이 소유했거나 건드렸을 겁니다."

"생각 좀 해볼게. 들을수록 짜증나는 게 딱히 아빠 회사에서 소화를 못하더라도 국내에 주고 싶지는 않네? 국내는 가격장난도 심하잖아?"

"네. 팀장님에게 몇 개의 제안서가 왔는데 기존보다는 약간 높은 금액을 제시하기는 했지만 외국과는 차이가 큽니다."

"알겠어. 나 던전 들어갈 테니까 차 잘 지키고 있어."

◇

대한민국의 강남에 위치한 한 식당 안에는 대형 TV가 설치되어 있었고 그 곳은 사람들로 가득했다.

지금 대부분의 식당은 식사시간이 약간 지난 오후 2시였지만 사람들로 인해서 발을 디딜 틈이 없었다.

하다못해 문을 열 시간이 아님에도 불구하고 호프집들의 문은 열려 있었고 사람들로 가득했다.

국민들은 시청 앞을 개방하라는 여론도 있었지만 이건 개인의 상업적인 방송이라 불가하다는 입장을 내 보였고 다들 대형TV가 있는 곳을 찾았다.

대다수의 국민들이 한 번쯤은 지후의 영상을 봤다고 해야 맞을 것이다.

그리고 오늘은 토요일이었고 한동안은 레이드 일정이 없다는 말을 듣자 시민들은 지후의 레이드를 본방사수하기 위해 모여 있었던 것이다.

이제는 막을 수 없는 지후열풍이 정점을 향해 달려가고

있었다.

물론 이런 움직임은 대한민국뿐만이 아닌 전 세계로 확대되어 있었다.

헌터, 몬스터, 레이드는 어딜 가나 화제인 문제였기 때문이다.

마지막이라는 단어가 주는 의미 때문인지 지후의 방송은 시청자수가 이천만 명을 넘어가고 있었다.

그동안 누적 판매까지 합하면 4천만 개의 라이브 방송권이 전 세계로 팔려나갔다.

방송권만 2조원이다. 거기에 하이라이트 영상의 수익금은 라이브 방송으로 벌었던 금액을 압도했다. 라이브 방송을 볼 수 없었던 사람들이 미친 듯이 구매했기 때문이다. 앞으로 지후의 통장에 찍힐 공이 얼마나 늘어날지 다들 짐작조차 하지 못했다.

그리고 국가들은 지후의 호감을 얻기 위해 지금도 미친 듯이 후원금을 보내고 있었다.

왜 국가씩이나 되어서 그러냐고? 이미 지후는 돈에 움직이지 않을 정도로 많은 돈을 벌었다.

그렇기에 어느 나라도 이제 지후에게 무언가 제안을 할 때 돈으로 유혹을 할 수 없다.

개인에겐 큰돈이지만 국가적으로는 큰돈이 아니다. 그런 돈을 투자해서 지후의 호감을 얻는다?

이미 레이드 시장은 지후로 시작해서 지후로 끝난다는

말이 돌 정도로 지후라는 브랜드의 이미지는 강했다. 그리고 지후의 호감을 사면 혹시 모를 몬스터웨이브에 도움을 얻을 수도 있다는 생각이 들었기 때문에 강대국들의 국민들은 더욱 많은 후원금을 보내라고 보채고 있을 정도였다.

그렇기에 마지막 레이드는 정말 말로 표현 할 수 없는 머니전쟁이 벌어지고 있었다.

물론 모두가 지후에게 환호를 보내도 웃지 못하는 사람들이 있었다.

바로 대한민국의 길드와 기업들이었다.

방송을 시청할 때마다 제발 죽어버리라고 악담을 퍼붓고 있었지만 이루어질 수 없는 희망사항일 뿐이었다.

와아아아아!

지후의 마지막 1인 레이드 영상이 시작되고 있었다.

청바지에 흰 티.

지후는 대충 아무거나 입고 왔지만 오늘 저 옷의 메이커 업체는 행복한 비명을 지를 것이다.

[이리 오너라!]

지후는 기감을 넓히고 던전 안에 있는 모든 헬하운드가 들을 수 있도록 내공을 담아 소리쳤다.

"와. 난 저 형님이 저 말 할 때마다 소름 돋는다. 정말."

"유치한데 완전 멋있지 않냐?"

"난 지난번에 '컴온 요'가 훨씬 멋있던데."

"꺄악! 지후오빠!"

"거 좀 조용히 합시다."

"아저씨. 그럴 거면 왜 여기 와서 봐요. 집에서 보면 될 걸!"

잠시 아저씨와 여대생의 시비가 있었지만 바로 화면에 집중했다.

화면 안은 몰려든 1.5미터 정도 되 보이는 헬하운드로 가득 차 있었다.

그리고 지후는 헬하운드가 뿜어내는 불길을 피하며 접근해서 주먹을 날리고 있었다.

너무 빨라서 사실 라이브 방송으로는 지후의 움직임을 제대로 볼 수 없었다.

하지만 생중계의 그 긴장감은 말로 표현할 수 없었다.

아마 지금 방송을 보는 대부분의 사람들이 하이라이트 영상도 구매해서 볼 것이다.

"야 봤냐? 슥 피하고 빡! 슥빡의 정석!"

"난 저 형님 영상 본 이후로 다른 레이드 영상은 못 보겠더라. 너무 수준이 낮아서."

"그런데 네가 나이가 10살이나 많은데 무슨 형님이냐?"

"저 분은 형님 맞아. 돈이 미친 듯이 많잖아."

"하긴. 오늘 하이라이트 영상까지 구매하면 난 이지후한테 60만원 썼다."

"오? 다 구매했냐? 너 회사에서 일 안하냐?"

"요즘 경기 나쁘다고 한가해서 괜찮아."

"좋겠네. 난 라이브는 오늘이 처음인데. 그리고 너도 앞으로 형님이라고 불러. 버르장머리 없게 이지후가 뭐야."

화면에 보이는 지후의 양 주먹에는 금빛이 일렁이고 있었고 화면으로는 담을 수 없었던 지후의 엄청난 움직임에 화면엔 쓰러지는 몬스터와 금빛만이 떠다니고 있었다.

"진짜 사기캐네 사기캐. 난 설마 화면에 담지도 못할 정도로 빠른 사람이 있을 줄 몰랐다. 총알보다 빠른 거 아니야?"

"총알보단 느리지. 총알은 잔상이 안 남잖아. 형님은 그래도 금빛이라도 간간히 보이잖아."

뿌연 핏빛 연무가 화면 안을 가득 매우고 있었고 지후의 흰 티는 헬하운드의 피로 붉게 물들어 있었다.

"진짜 난 지후오빠가 저렇게 피에 젖어서 살짝 미소를 지을 때 너무 멋있더라."

"진짜 저 품에 제발 한 번만 안겨보고 싶다."

"내가 먼저야 이년아."

"소원이니까 그냥 악수나 한 번 해봤으면 좋겠다."

[안녕하세요. 여러분. 오늘은 아무래도 곧 마무리를 할 것 같네요.]

"뭐야. 시작한지 10분도 안 됐잖아?"

"그동안은 30분정도는 했는데."

"저기 C급 던전 아니야?"

"저기 우리 동네야. A급 던전 맞아. 그리고 C급 던전도 저런 속도로 혼자 레이드 못할 걸?"

"진짜 갓지후네."

"지후님은 사랑이지."

"A급 던전에서 저런 정도면 진짜로 S급 헌터 중에서 가장 강한 헌터가 이지후 맞는 거 아니야?"

"그걸 말이라고 하냐? 솔직히 다른 S급이랑 비교하면 안 되지. 막말로 넌 같은 술이라고 소주랑 양주랑 같다고 생각하냐?"

"영상을 봐서 알겠지만 탱커되고 근접, 원거리 딜러 다 해먹고 소문에는 다른 능력도 있다던데 못하는 게 없잖아. 비교가 안 되지."

"소원이니까 능력 하나만 나한테 줬으면 좋겠다."

"뭐 하나 빠지는 게 없냐. 세상 참 불공평해. 보통은 뭐 하나 빠지는 게 있어야 되는데 이지후는 뭐 부족해 보이는 게 없어."

[그동안 제 방송을 시청해 주신 모든 여러분께 감사드립니다. 5분간은 서비스 차원에서 라이브 시청자들의 의견대로 조금 움직임을 느리게 사냥을 하다가 5분이 지나면 마무리 하겠습니다. 방송이 끝나고 후원해 주신 분들 중 1, 2위를 하신 분들은 미라클 길드로 연락을 주세요. 그리고 랜덤으로 뽑히신 점심식사는 제가 개인적으로 문자를

드리겠습니다.]

지후는 후원자들에게 마지막 베팅의 기회를 줬고 하이라이트 영상에 쓸 만한 장면을 만들기 위해 분주히 움직이고 있었다.

"제발… 내가 식사권 당첨 되야 되는데."

"지후 오빠랑 단 둘이 점심식사. 완전 낭만적이다."

"내가 당첨되면?"

"거기 아저씨 한참 기분 좋은 상상 중에 초치지 마요."

솔직히 남자들도 이지후와의 점심 식사는 탐나는 것이었다.

지후는 모두의 마음속에 우상이었고 그와의 식사는 3대가 우려먹어도 될 정도로 엄청난 영광이자 술자리 안줏거리로 최고의 소재였기 때문이다.

지후는 혹시 모를 파리들이 꼬이지 않기 위해 5분간은 조금 위협적이고 공포스러운 레이드를 할 생각이었다. 파리들에게 두려움을 심어주기 위함이었다. 너희가 이 꼴이 될 수 있다고.

지후가 헬하운드의 벌린 입을 위아래로 쫙 벌리며 찢어버리는 장면이 방송을 향해 전파되고 있었다.

계속 되는 장면들은 몹시 잔인했다.

몇몇은 영상을 보다가 구토를 했고 너무 무서워서 바지를 적시는 일도 심심치 않게 일어나고 있었다.

그러거나 말거나 지후의 손길은 멈추지 않았다.

헬하운드의 장기를 뜯어내는가 하면 헬하운드의 얼굴을 손바닥으로 쥐고는 터뜨려 버리기도 했다.

화면에서의 지후는 악마 그 자체였다.

지후가 움직임을 빠르게 하지 않아서 영상들은 너무나 선명하고 뚜렷하게 전송되고 있었다.

쓰러진 헬하운드를 얼굴을 밟아 터뜨리기도 하고 목을 뽑아서 축구공처럼 차버리기도 하는 그야말로 호러영화의 한 장면이었다.

아니 영화와는 달랐다.

영화와는 다르게 이건 실제 인물이 지금 현장에서 직접 하는 장면을 라이브로 보고 있었기에.

지후의 라이브방송을 보는 사람들은 그저 공포에 입을 다물어야만 했다.

아까까지는 그렇게 시끄러웠던 식당안도 지금은 너무나 조용했고 침묵 속에 몬스터들의 비명소리만이 들리고 있었다.

[5분 됐네요. 마무리 하겠습니다.]

지후의 이 한마디에 베팅을 멈추고 화면을 바라보며 떨고 있던 후원자들도 바쁘게 베팅을 하기 시작했다. 마지막까지 순위전쟁은 치열했기 때문이다.

화면에는 지후의 상체만한 금빛 구체가 떠오르고 있었고 그 황금빛 구체는 몬스터 무리들에게로 날아갔다. 화면은 그저 금빛으로 물들어 버려서 보고 있던 시청자들은 잠시 눈을 깜빡였지만 들려오는 엄청난 폭발 소리에 다시 화면으로 집중했다. 금빛은 순간이었지만 화면은 던전에 일어난 흙먼지들로 인해서 아무것도 보이지가 않았다.

1분이 지나자 서서히 화면에 현장이 보이기 시작했고 완벽하게 보인 영상에는 엄청난 크레이터만이 존재했다.

몬스터는 사체조차 남기지 못하고 아이템과 마정석만 남긴 채 사라지고 없었다.

[시청해주셔서 감사합니다. 모두 좋은 하루 되세요.]

이 말을 끝으로 지후의 방송은 종료되었다.

방송이 끝남과 동시에 지후는 차에 올랐고 엄청난 속도로 집으로 향하고 있었다.

오늘은 전설대전의 결승전이 있는 날이었기 때문이다. 이대로라면 결승전이 시작되기 전에 충분히 집에 도착할 수 있다는 생각에 기분이 좋은 지후였다.

9. 만남

9. 만남

"그러니까 내가 번 돈이…. 이게 0이 대체 몇 개야?"

라이브 방송권 2조 2천 3백억. 하이라이트 영상 대략 7조원. 후원금 1조 8천억.

"11조…이제 조 단위 뒤는 볼 필요도 없겠네."

"지후야… 누나 결혼 선물로 신혼 집…….."

"시끄러. 그럼 누나도 1인 레이드에 도전해."

"야! 그게 말이 되냐! 넌 누나 결혼식이 아니라 장례식에 오고 싶어서 그래? 그리고 나는 힐러거든!"

"아무튼. 자기 힘으로 벌어서 써. 이제 손 벌릴 나이는 지났잖아. 나도 내가 벌어서 쓰잖아."

"그래. 지현아. 우리 신혼집을 왜 처남한테 부탁해. 우리가 구해야지."

"우리가… 돈이… 없잖아…. 오빠도! 그 도끼 산다고 다 써놓고!"

"시작은 일단…. 작은 아파트에서 오순도순 하는 게…."

"싫어! 그건 진짜 싫어! 그래도 미라클 길드의 마스터랑 부길드장 체면이 있는데!"

"누나. 체면이 밥 먹여 주는 거 아니야. 그런데 아침부터 두 사람은 왜 내 집으로 왔어?"

"그야 네가 출근을 할 일은 없으니까 우리가 왔지."

"용건이 뭔데?"

"뭐긴. 네가 했던 공약 지키라고. 방송에다가 길드에 연락하라고 했다며. 네 성격에 귀찮아 할 거 뻔히 아니까. 약속장소는 너네 집으로 점심, 저녁으로 둘 다 잡았어."

"설마… 오늘? 그것도 약속을 두 개나?"

"응. 어차피 네 성격에 귀찮아서 차일피일 미룰 텐데. 그리고 네가 받아먹은 후원금이 한두 푼이야? 어차피 공약은 이행해야 할 것 아니야."

"뭐 그렇긴 하지. 차라리 오늘 몰아서 처리하는 것도 괜찮겠네."

"응. 아무튼 점심엔 미국 쪽에서 사람이 올 거야. 2위가 오바마 대통령이었는데 지금 국민들한테 엄청 까이고 있다더라. 1위 뺏겼다고. 막판 10초 사이에 1, 2위가 바뀌었거든. 오마바 대통령은 직접 못 와서 사람 보냈대. 웃긴 건 1위나 2위나 자기들이 될 줄 알고 우리나라에 들어와 있었다더라. 아 1위는 사우디 왕자야."

"사우디 왕자?"

"응. 이따가 좋은 술로 챙겨서 찾아온다고 하던데."

"알겠어. 그럼 이만 가봐. 형 조심히 가."

"응. 너도 그동안 무리했을 텐데 몸조리 잘하고."

"제가 무슨 무리를 해. 그리고 돈도 썩어나면서 겨우 신혼집도 안 해주는 쫌생인데. 쟤는 쉴 자격도 없어."

에휴… 언제 철들래?

점심 무렵 한 명의 백인이 지후의 집을 찾아왔다.

"안녕하세요. 저는 민주당의 마이크 의원입니다. 대통령님께서 직접오시고 싶었는데 오지 못해서 죄송하다고 꼭 전해달라고 하셨습니다."

"네. 이지후입니다. 뭐 일단 대화의 시간을 갖기로 했는데… 무슨 대화를 해 볼까요?"

"저희가 1위를 했다면 술이라도 한 잔 하면서 분위기가 좋았을 텐데 정말 아쉽네요."

"저도 미국이 1위를 할 줄 알았는데 정말 의외였습니다."

"10초를 남기고 알 와이즈 왕자가 2천억을 더 베팅할 줄은 상상도 못해서. 대신 저희가 선물을 하나 가지고 왔습니다. 아니 정보라고 할까요?"

"이상하네요. 정보라고요?"

"그렇습니다."

"저에게 그 정보가 필요할까요? 괜히 알아봐야 귀찮은 일만 생기는 것 아닙니까?"

"아닙니다. 이건 정말 지후님에게 필요한 정보입니다."

"필요한 정보요?"

"그렇습니다. 사실 저희 미국은 지후님과 친구가 되고 싶습니다. 동맹이라고 해도 좋고요."

"동맹이라고요? 그건 국가 간에 하는 게 아닌가요?"

"지후님은 국가 이상의 가치를 가지고 계십니다. 저희 미국과 어깨를 나란히 할 정도의 능력이 충분 하십니다."

마이크의 생각에 사실 지후와 동맹은 회의적이었다.

지후에 대해 조사를 해보자 수틀리면 무슨 짓을 할지 모르는 인간이었기 때문이다.

조사를 하면 할수록 이상한 사람이었다.

한국말로는 중2병이라고 하는 이상한 정신병 증세가 있다고 나오고 귀찮은 일이나 약간이라도 자신과 뜻이 맞지 않는 일에는 움직이지 않는 지극히 자기중심적인 인물이었기 때문이다.

그리고 정보팀에서는 그가 세계를 향해 메시지를 보냈다고 해석했다.

마지막 레이드 때 보여준 잔인한 장면은 자신을 건들면 이렇게 만들어 버린다는 메시지가 담겨있다고 해석을 해왔다.

이미 회의를 통해서 지후의 심기를 절대 거스르지 않기로 의견이 모였다.

미국인으로 지후를 만들 수 없다면 미국의 친구는 되게 해야 된다고.

그리고 그가 진실을 알고 분노했을 때 미국이 손을 내민다는 시나리오를 가지고 있었던 것이다.

그렇기 때문에 지금 이 정보를 미국은 지후에게 주는 것이다.

지후는 마이크가 준 정보를 말없이 읽고 있었다.

그리고 인상이 구겨질 대로 구겨지고 살기마저 피우고 있었다.

"이게 사실입니까?"

"윽…."

"아 죄송합니다. 저도 모르게 흥분했나 보네요."

지후는 살기를 거뒀다. 만약 거짓이 있다면 죽일지도 모른다는 느낌은 방금 살기로 충분히 줬다고 생각했기에.

"사실입니다. 1프로의 거짓도 없습니다."

"공명던전이 대체 뭡니까?"

"말 그대로입니다. 던전끼리 공명을 하는 던전입니다. 공명던전은 일단 2개 이상의 A급 던전이 10미터 이내에 있을 때 생성됩니다. 처음 공명던전이 나타난 건 미국의 휴스턴이었습니다. 3개의 던전이 공명던전화 되었지요. 3개일 때는 3성 2개의 공명던전일 때는 2성 공명던전 이런 식으로 부르고 있습니다. 그리고 저희는 공명던전으로 인해서 휴스턴이 반파되는 참사를 겪었습니다. 공명던전이 터져서 몬스터 웨이브가 일어나면 몬스터들이 2배 이상 강해집니다. 그리고 공명던전의 우두머리는 공명던전들 중에서 랜덤으로 나오는데 A+라고 해야 할지 S급이라고 해야 할 지는 공식적인 명칭이 없어 잘 모르겠습니다. 하지만 기존의 A급 몬스터만 웨이브로 터져 나오더라도 던전에서 보다 상대하기 힘든데 공명던전의 보스는 상상이상이었습니다. 저희 미국은 수많은 헌터들이 희생되고 중화기를 투입해서야 겨우 막아낼 수 있었습니다."

"…다른 나라는요?"

"지금까지 공명던전은 총 다섯 곳에 나타났습니다. 영국은 다행히도 2개가 합쳐진 2성 공명던전이었습니다. 그리고 영국은 헌터들을 던전 안에 모두 투입해서 겨우겨우 막아냈습니다. 사상자의 숫자는 영국이 워낙 보안을 철저히 해서 제대로 알 수 없었지만 천명이상 사망한 것으로 알고 있습니다. 그 후에 러시아에도 공명던전이 나타났습니다. 그리고 러시아로 인해서 새로운 사실을 알게 됐습니다. 공명던전은 던전에 들어가서 한 번에 클리어 하지 않으면 웨이브가 동시에 모두 터진다는 사실이었습니다. 러시아에 나타난 공명던전은 4성 공명던전 이었습니다. 4개의 던전이 합쳐진 공명던전의 웨이브가 터졌고 결국 러시아는 핵을 사용했습니다. 하지만 보스몬스터는 핵조차 견뎌내어 많은 헌터들의 죽음과 1발의 전술핵을 더 맞고서야 죽었습니다."

"그럼 3성 공명던전이라고 치면 3곳의 던전이 다 클리어돼야 끝난다는 소린가요?"

"맞습니다. 만약 2개는 클리어하고 1개는 못했다면 클리어 했던 2개의 던전마저 리젠 된 상태로 웨이브가 터집니다."

"와… 미쳤네…. 그런데 핵을 쐈는데 어떻게 아무도 모르는 거죠?"

"전 세계가 그 사건을 비밀로 하기로 합의를 했기 때문입니다. 혹시 자국에 그런 던전이 생긴다면 핵까지 사용해서 막아야 한다는 건데 혼란이 크게 일어날 수도 있는 문제였습니다."

"그럼 중국은 어떻게 막은 거예요? 여기 보고서에는 막았다고만 나와 있지. 내용이 없네요. 중국도 핵을 썼나요?"

"중국은… 인해전술로 클리어 했습니다. 4성 공명던전을 향해 던전당 5천명의 헌터를 투입시켰습니다. 그리고 8천의 사상자를 내고 공명던전을 클리어 했습니다."

8천… 시발… 중국의 인구는 위대하네….

"그런데 대한민국에도 3성 공명던전이 있다? 이제 10일 후면 터질 거고? 어이가 없어서 말도 안 나오네. 아 당신한테 감정은 없는데 워낙 황당해서 존댓말이 안 나오더라도 이해해줘요."

"신경 쓰지 않습니다. 지금 대한민국의 길드와 기업들이 모두 그쪽에 신경이 몰려 있습니다."

"그런데 왜 미라클 길드는 아무것도 모르고 있는 거죠?"

"원래 대한민국의 3대 길드 중 두 곳만 알고 있던 일입니다. 몇몇 기업들과. 하지만 지금은 대부분이 알고 있습니다. 미라클 길드는 지후님이 등장하신 후에 왕따를 당하고 있다고 보시면 될 것입니다."

"그럼 협회는 이 사실을 알고 있나?"

"협회장과 김홍태 이사라는 사람만 알고 있는 것으로 알고 있습니다. 다만 그들은 던전이 언제 터질지는 모르고 있습니다. 던전이라는 게 웨이브 3주 전쯤에나 언제 터질지 예측이 가능한데 지금 협회는 길드들에게 그런 정보를 들을 정도로 사정이 밝지는 않습니다."

"김홍태 이사가 알고 있다는 건 정치인들도 꽤나 알고 있다는 건가?"

"김홍태 이사는 부친을 통해서 알게 됐으니까요. 3선이상은 모두 알고 있고 그 밑은 라인에 따라 어느 정도 알고 있는 것으로 알고 있습니다."

"아니 그럼 대통령은 이 상황을 왜 보고만 있는 거지?"

"전 정권의 대통령은 알고 있었지만 현 정권은 아무것도 모르고 있습니다. 그저 짐작만 할 뿐 증거를 찾지 못했습니다. 그래서 이 일을 같이 파헤치고자 지후님에게 접근했다가 청와대가 반파 되었습니다."

"말 뿐이 아닌 진짜 리얼 허수아비였네…."

"그렇습니다. 미국도 대한민국과 대화를 할 일이 있을 때 대통령보다는 다른 의원들과 했으니까요."

"그런데 대한민국 3성 공명던전이 공사장으로 위장한 채로 있다는 거죠?"

"그렇습니다."

"어떤 던전인지는 미국도 모르나요?"

"공명던전은 한 번 들어가면 클리어하지 않고 나오면 웨이브가 터집니다. 레이드를 할 목적이 아니라면 들어갈 수 없는 던전입니다. 한곳에서 실수를 하면 웨이브가 터져버리니까요."

"뭐 대부분이 외국으로 튀었겠네."

"그렇습니다. 대부분의 정치인들과 기업들의 자식들은 현재 외국에 있고 본인들도 출장이라는 핑계로 웨이브 3일선으로 티켓팅을 해 놓은 상태입니다."

이런 식으로 대한민국이 한 뜻을 이루고 있었다니….

정말 인간의 욕심이 끝이 없다는 걸 다시 느끼네.

웨이브를 막고 공명던전에 대해 언론에 터뜨린 후에 영웅이 되 보시겠다?

대단한 아이디어네. 그런데 거기에 나를 끌어들인 게 실수였어.

싹 쓸어버려야겠네.

조용히 살려고 했는데 나를 이용하려 한다면 내가 이용해야겠지.

건방지게 나를 이용해?

무림에서 굴러서 여기선 그저 편하게 즐기며 살고 싶었는데….

건들면 누구라도 피하지 않는 게 권왕이지.

그동안 너무 편안함에 익숙해져서 잊고 있었네.

조만간 몬스터뿐만이 아니라 인간의 피도 뒤집어쓰겠군.

여기선 그럴 일이 없을 줄 알았는데….

일단 미국엔 큰 신세를 졌네.

하지만 미국도 나를 이용하려는 속셈이 없지는 않지. 그럼 미국도 내가 이용한다.

그리고 이왕이면 미국을 견제할 만한 카드도 하나 만들어야겠어.

견제를 내가 직접 나서서 할 필요는 없지.

귀찮아 질뿐이야.

"재밌네. 좋은 정보 감사해요. 오마바 대통령한테 고맙다고 전해주세요. 내가 꼭 전화 하겠다고."

"예. 대통령님과 지후님의 핫라인은 언제나 열려 있을 겁니다."

지후는 마이크 의원이 나간 후에도 한참 동안이나 어떻게 하면 모두에게 빅 엿을 날릴 수 있을까 생각 중이었다.

◇

저녁 8시쯤 되었을까 지후의 집에는 4명의 남자가 들어서고 있었다.

중년의 미남은 사우디의 왕자였고 비서로 보이는 안경잡이 한 명과 탱커와 딜러로 보이는 경호원을 대동하고 있었다.

"안녕하십니까. 알와이즈 빈 탈랄 빈 압둘라리즈 알사우드라고 합니다. 그냥 편하게 와이즈라고 부르시면 됩니다."

이름이 뭐 이리 길어….

"이지후입니다."

"자네들은 그 술만 내려놓고 이만 나가보게."

와이즈의 비서와 경호원들이 들고 있는 술의 양은 장난이 아니었다.

술병들만 50병은 되 보인 달까?

"하지만 저희는 왕자님 곁을…."

"내가 자네들을 몹시 아끼고 자네들이 뛰어난 전사라는 건 알고 있지. 하지만 앞에 있는 이지후씨가 나를 공격하고자 한다면 막을 수 있겠는가? 아마 자네들뿐만 아니라 그 누구라도 못 막을 걸세. 오늘은 이지후씨와 둘이 대화를 나누며 마시고 싶군."

"알겠습니다. 좋은 시간 보내십시오. 저희는 입구에 대기하고 있겠습니다."

"오늘 제가 좋은 술을 많이 준비 했습니다. 혹시 어떤 술을 좋아하시는 지요?"

"뭐 술은 다 좋아합니다. 독한 술일수록 더 좋아하죠."

"역시 술맛을 아십니다. 제가 오늘 세계에서 가장 비싼 술부터 맛있는 술, 독한 술 종류별로 다 챙겨왔습니다."

"아주 날을 잡으셨네요."

"그렇죠. 제가 이지후씨와 술 한 잔을 하기 위해 이번 달 생활비를 털었습니다."

생활비로… 4천억을 썼다고…?

이건 배워야겠네. 안 그래도 돈을 어디다 써야할지 고민이었는데.

"지후씨. 저는 오늘 지후님과 친구가 되고 싶어서 왔습니다. 격식을 따지지 않고 서로의 이해관계를 떠나 진짜 진심을 나눌 수 있는 친구가 되고 싶습니다."

뭐 이리 훅 들어와?

"혹시 사우디에 뭐 위험한 던전있어요?"

"그런 던전은 없습니다. 그리고 생긴다고 하더라도 그건 사우디가 해결해야 할 문제입니다. 지후씨에게 그런 부탁을 드리고자 친구가 되자고 했던 것은 아닙니다."

타심통이 아니더라도 나 정도의 경지에 올랐다가 내려오면 다 알 수 있지.

눈빛과 심장박동, 체온변화만으로도 진실을 알 수 있거든.

그런데 이 아저씨 진심이네.

왜 나랑 친구가 되려고 하는 거지?

"왜 저와 친구가 되시려고 하는 거죠?"

"당신에게 저와 비슷한 외로움을 느꼈기 때문입니다."

"외로움이요? 저 여자는 충분히 많은데요."

"그런 의미가 아닙니다. 당신에겐 고독이 느껴집니다. 사람을 만날 때 먼저 의심부터 하게 되고 모든 관계가 비즈니스가 되어 버리는 게 저와 당신의 입장이니까. 그렇기에 당신은 상대가 누구든 가볍게 만나고 여자와도 깊게 만나지 않지 않습니까? 우리에겐 진심을 털어놓고 편하게 대힐 수 있는 상대가 없으니까. 서는 가끔 제 인생을 돌아 볼 때 많이 쓸쓸합니다. 곁에 많은 사람이 있지만 그 흔하다는 진짜 친구는 하나도 없었으니까요."

뭐야 이 인간. 마치 내 속을 들여다 본 것 같잖아….

지후는 와이즈 왕자와 술잔을 기울이며 대화를 이어가면서 많은 끌림을 느끼고 있었다.

지후뿐만이 아니었다. 서로는 생각하고 있었다. 소울메이트가 이런 걸까? 영혼의 끌림이라고 해야 할까?

"형이라고 불러도 되요? 우리 친구 말고 형 동생 하죠? 친구 같은 형 동생 어때요? 형도 이제 저한테 말 편하게 해요."

"허허허. 나야 고맙지. 그런데 내가 형이라고 불리기는 나이가 너무 많은 거 아닌 가?"

"친구보다야 형이라고 불리는 게 낫죠. 형은 나이가 어떻게 되요?"

"마흔이네."

"그럼 그냥 형해요."

무림에서 살았던 인생을 합하면 까마득한 막내 동생 뻘인데…. 그래도 정말 오랜만에 마음에 드는 사람을 만났기에 지후는 제대로 된 인간관계를 맺고 싶었다. 앞에 보이는 이 사람과는.

술잔을 기울인지 두 시간이 지났을 때 굴러다니고 있는 술병은 벌써 10이 넘어갔다.

"오늘 자네를 만난 건 정말 행운이야. 이렇게 속에 있는 걸 마음껏 털어놓을 수 있다는 건 정말 좋은 거야. 오늘 자네를 만나러 오기 전에 무척 설레었네. 마치 첫째부인을 처음 만났을 때의 설렘 같았달까?"

"첫째부인이요? 그럼 다른 부인들도 있어요?"

"우리나라는 일부다처제라네. 난 셋째부인까지 있다네."

"와 대박. 나 사우디 가서 살아도 되요? 안 그래도 여자 때문에 피곤했는데 거기 가면 다 데리고 살면 되겠네."

"하하하하. 그런 이유 때문이라면 굳이 사우디로 오지 않아도 되네. 요즘 전 세계적으로 헌터들의 일부다처제가 논의되고 있다더군. 이미 몇 국가들은 발표만 앞두고 있다 더군. 만약 시기를 앞당기고 싶다면 자네가 한마디 하면 될 텐데? 자네도 그 정도 힘은 있지 않나?"

"귀찮잖아요."

"하하하. 자네에 대한 보고가 아주 틀렸던 건 아니었군."

"저에 대해서 조사도 하셨어요? 그래서 보고에 뭐라고 써 있었어요?"

"자네보고 중2병에 막나가는 인간이라고 하더군. 자기 마음대로 하는 인물. 귀찮은 일을 병적으로 싫어하고 계산 이 무척이나 빠른 인간. 철저히 자기중심적인 생각으로 하 는 인물. 자신의 힘을 과시하진 않지만 제대로 파악하고 있 는 인물. 대충 이 정도라네."

안 들을 걸 그랬네…. 이 형은 쓸데없이 솔직하네.

"솔직히 보고를 듣고는 자네와 나는 참 많이 닮았다고 느꼈다네. 그리고 닮았지만 우린 너무나 반대지."

"뭐가요?"

"난 자네처럼 하고 싶은 말을 다 하지는 못하거든. 왕족 의 품위는 무엇보다 중요하니까. 속으로는 욕을 하고 있지 만 겉으로는 정중하게 대하지. 하지만 자네는 겉과 속이

둘 다 거침없지. 자네는 나에게 거울이랄까? 자네를 보면 거울에 비친 내 숨겨둔 내면이 폭발하는 것 같더군. 그 거침없는 말과 행동들이 언제나 절제된 나에겐 정말 부럽거든. 뭐 자네도 나름대로 순화를 하고 있는 걸지도 모르겠지만."

"아 그냥 죽이려다가 욕만 하고 끝낸 적도 많아요."

"대한민국 대통령 말인가?"

"어 그 일이 벌써 그렇게 소문이 났어요?"

"소문은 안 났네. 그래도 몇 개의 국가의 정보팀은 파악했을 수도 있겠군. 그래서 다들 자네에게 더 조심스럽겠지. 나도 전설대전을 즐겨한다네. 내가 만약 그런 상황이었다면 나도 내 방식대로의 보복을 했을 거네."

"와이즈형도 전설대전을 해요?"

"다이아라네. 언제 한번 같이 하도록 하지."

'전설대전을 하는 사람치고 나쁜 사람은 없지. 거기다 다이아라면…. 형으로 삼기를 정말 잘했어.'

하지만 그들의 전설대전은 단 한번밖에 이루어지지 않았다.

와이즈는 버스를 태워서 키운 캐릭이었고 실력은 일반 수준이었다.

그 후 지후는 전설대전에 접속해 있을 땐 와이즈의 귓말을 차단해 버렸다.

"하하하…. 이거 소문나면 이미지가 조금 그런데…."

"소문은 안 날걸세. 괜히 소문이라도 났다가 자네가 쳐들어와서 자신들의 안마당을 날려버린다고 생각하면 손해가 너무 크거든. 그런데 자네에게 한 가지 궁금한 게 있네. 우리 정보팀에서 사실 묵살했던 내용인데. 나는 그쪽이 더 끌리거든."

"뭔데요?"

"자네는 사실 똑똑해. 내 생각이 맞다면 자네의 속에 능구렁이가 100마리는 있는 걸 테지. 자네는 일부러 성격이 안 좋은 척 세상을 향해 연기를 하고 있는 거야. 중2병은 피하는 게 최고니까. 혹시라도 자네는 귀찮은 일을 한다면 움직이게 한 대가는 확실하게 몇 배로 뜯어내지. 억지를 부려서라도 말이야. 당한 사람은 어떤 상황이 오더라도 자네에게 도움을 청하기 쉽지 않게끔 말이야. 자네는 속으로는 약간 심한가 이런 생각을 하면서도 겉으론 폭군의 형태를 취하겠지. 그래야 귀찮은 일은 피하고 편하게 하고 싶은 것만 하면서 살 수 있으니까."

발가벗겨진 기분이 이런 건가 보네. 사실 무림에서도 그랬거든. 지금의 내 성격의 멘토랄까? 개방 방주가 성격이 엄청 더러웠어. 그래서 개방 방주에게 부탁할 일들을 다른 사람에게 하거나 정 안되면 다들 몇 번 더 생각하고 부탁했거든.

"자네는 정말 내 생각대로 세상을 향해 연기를 하고 있었나? 나에게도 왕족의 의무만 없었다면 그랬을 것 같거든."

"뭐…. 반반이라고 할까요? 귀찮은 일을 피하기 위해 좀 막말을 서슴없이 뱉은 건 맞아요. 그런데… 중2병 컨셉은…. 좀…. 웬만하면 형만 알고 계세요."

"동생의 비밀을 지켜주는 건 형으로서 당연한 권리지."

"그런데 저도 형한테 궁금한 게 하나 있는데 물어봐도 되요?"

"무엇이든 물어보게. 자네에게 못해줄 말이 뭐가 있겠나."

"형은 말투가 왜 이렇게 노티나요? 이게 통역반지 때문은 아닌 것 같은데? 우리 부모님보다도 훨씬 젊은데 뭐랄까 할아버지 말투라서."

"자리가 사람을 만든다고 내가 10살 때부터 대외활동을 시작했네. 아무래도 만나야 할 사람들의 나이가 까마득하게 많았었지. 그런데 어린애처럼 굴면 무시받을 까봐 일부러 나이 들어 보이는 말투를 사용하곤 했지. 어렸을 때부터 하다 보니 지금은 고치려고 해도 안 되더군. 사실 왕자라고 하면 엄청 편하게 살았을 거라고 생각하지만 내 대답은 NO라네. 오히려 어렸을 때부터 정치논리와 왕위계승권을 차지하기 위한 암투 속에서 살아야 했으니까. 아버지에겐 자식이라곤 나 하나뿐이었거든. 다들 나를 제거하기 위해 혈안이 되어있었고 나는 어떻게든 살아남으려 발버둥 쳤지. 그렇게 10년을 발버둥 치고 뒤를 돌아봤을 때 더 이상 내 적은 없더군."

동질감인가? 이래서 끌렸나? 나만큼이나 힘든 인생을 살았네. 살아남기 위해 하는 발악만큼 힘든 것도 없지.

"형도 고생이 많았네요."

"뭐 지금은 괜찮네. 지금은 이렇게 자네와 웃으며 추억팔이도 할 수 있고 살아있으니 자네 같은 동생이 생기는 좋은 날도 있고 아주 만족하네."

"그런데 형은 술이 세네요? 헌터는 아니신 것 같은데."

"아이템의 효과라네. 70%의 알콜을 날려주지."

"그런 아이템도 있었어요?"

"세상엔 자네가 상상도 못할만한 아이템들이 많지. 물론 이런 아이템들을 딱히 헌터들을 위해 판매하는 곳도 없지만. 나 같은 사람들한텐 필수 아이템이지. 그러고 보니 자네는 레이드를 할 때 너무 초라한 옷을 입더군."

"딱히 갑옷은 필요 없어서요. 그리고 그거 다 명품인데?"

"에이. 그런 건 명품이 아니지. 나에 대해서 대충은 알고 있겠지만 나는 세계에서 열손가락 안에 들어갈 정도로 돈이 많네. 왕가의 재산이나 비공식 재산까지 합하면 일 이위를 다투겠지. 자네가 입는 옷들은 일반인들에게나 명품이지. 자네는 지금 많은 돈을 벌었지만 아마 곧 내가 있는 곳까지도 올라올 수 있겠지. 그 귀찮은 성격만 조금 고친다면 말이야. 아무튼 그런 사람이 자네일세. 자네라면 진짜 명품을 입어야지."

"진짜 명품이 뭔데요? 뭐 이태리 장인이 한 땀 한 땀 수를 놓았다는 그런 옷인가요?"

"그건 과거지. 지금은 몬스터의 가죽과 마법이 걸려있는 옷들이네. 추위나 더위에도 견딜 수 있고 옷은 입은 사람의 체형에 맞게 변화되지. 언제나 청결도 유지되고 방어력도 있어서 아마 자네에게는 딱 맞는 옷 일거네."

"그런 건 어디서 팔아요? 몇 벌 사야겠네."

"뭐 그런 걸 귀찮게 사러가나. 내가 보내줌세."

"그래도 몬스터 가죽이나 마법이 걸려있으면 비싸지 않아요?"

"그저 푼돈일세. 그런 걸 동생에게 돈 받고 팔수는 없지."

다음 날 지후의 집에는 30벌의 명품 옷들이 도착했다. 기존의 지후가 알던 명품은 명함도 내밀 수 없는 진짜 명품이.

"저는 솔직히 재앙이후에 마정석으로 에너지가 많이 바뀌어서 중동들은 힘들어 졌을 줄 알았는데 그것도 아닌가 보네요."

"뭐 석유에만 목매달고 있던 몇몇 국가는 힘들어 진 것도 맞지. 하지만 우리 사우디는 미리 준비를 했다네. 그리고 마정석 사업에도 바로 뛰어들어서 그 시장에서도 지금은 확실한 입지를 다졌지. 사실 우리는 요즘 마정석과 석유를 이용한 하이브리드 에너지를 개발 중이네. 마정석도 안에 들어있는 에너지가 다 떨어지면 그저 구슬일 뿐이니까.

에너지 효율은 좋지만 수명이 길지는 않지. 그리고 우리가 개발하던 하이브리드 에너지는 완성단계에 올랐네. 마정석과 석유를 같이 사용해서 효율을 높이지. 마정석 덕분에 어떠한 오염도 일어나지 않고. 마정석의 수명을 10년 이상 늘린다고 할까?"

"오일머니가 다시 살아나겠네요."

"혹시 주식 같은 거 투자 할 일이 있다면 중동 쪽으로 시선을 돌려보게."

"네. 그럼 마정석이나 사체가 많이 필요하시겠어요."

"아무래도 계발에는 많이 필요한 게 사실이지."

"그럼 제가 가진 마정석이랑 사체 좀 사가실래요?"

"혹시 자네가 이번에 솔로잉 했던 것 말인가?"

"네. 저희 아빠 회사에서는 요즘 일이 많아서 제가 보낸 물량의 10%도 소화를 못해서요. 지금 제 아공간에서 놀고 있거든요."

"그러면 꼭 내가 그것 때문에 접근한 것 같지 않겠나. 괜찮네. 호의만 받도록 하지."

"에이 공짜로 드린다는 것도 아니고 팔겠다는 건데. 이건 비즈니스예요."

"그렇다면 내가 다 사가도록 하겠네. 우리는 자네가 가진 모든 물량을 나 소화할 수 있네."

"리스트는 제가 메일로 쏴드릴게요."

역시 비즈니스가 개입되자 두 사람은 잠시지만 술에 취

한 눈빛에서 냉정한 눈빛으로 바뀌었다.

그리고 와이즈의 비서의 아공간으로 모든 마정석과 사체를 전송해 준 지후였다.

"대략 1조5천억 가까이 되는군. 자네의 후원금 통장으로 입금하면 되겠나?"

"네."

"1조 5천억을 입금했네. 그리고 여기에 싸인 좀 해주게."

뭐지? 웬 계약서?

"우리 쪽에서 대한민국 쪽에 마정석과 부산물, 그리고 아이템 쪽 사업을 런칭 할 계획이었네. 그리고 공사도 대부분 끝냈지. 그런데 자네가 나타나서 우리는 철수하기로 했네. 그러니 땅이나 건물들은 선물로 가지게."

"허… 이건 너무 부담스러운데… 그냥 차라리 제가 살게요."

"이런 푼돈가지고 그러지 말게. 그건 나를 모욕하는 걸세. 끽해야 몇 천억 투자한 것 가지고 그런 식으로 말하면 내가 섭섭하네."

"형…."

"아 내가 보내준다던 명품 옷 메이커들은 한국에 진출한다던데 자네 아버지의 아이템 샵 내에 입점 시키는 것은 어떻겠나?"

이거 너무 내가 받기만 하는 느낌인데…. 이게 새로 사건

형의 위엄인가….

둘은 계속해서 즐거운 분위기 속에 아침까지 술자리를 이어갔고 와이즈의 비행시간이 되어서야 헤어질 수 있었다.

10. 경매

10. 경매

　경매장은 사람들로 북적이고 있었고 지후의 양옆에는 수
혁과 지현이 있었다.

　"누나 어차피 누나는 살 것도 없을 텐데 뭘 그렇게 둘러
봐? 혹시라도 내가 사줄 거라고 생각하는 건 아니지?"

　"넌 통장에 13조원 가까이 있으면서… 누나한테….."

　"누나가 지수나 쌍둥이들처럼 어린 것도 아니고. 하다못
해 지수는 나한테 뭐 사달라고 한 적도 없고. 이제 결혼도
한다면서 이런데 쓸 돈 있으면 모아서 집이나 사."

　"야! 아이쇼핑은 내 자유거든!"

　"그래. 그건 누나 자유지. 수혁이 형은 오늘 누나가 혹시
지름신 강림하지 않도록 긴장을 늦추지 마세요."

"하하하하하."

그 때 한 무리의 헌터들이 지후와 일행들의 앞길을 막아섰다.

한때는 대한민국의 1위 길드였던 일성 길드의 마스터와 그 휘하의 헌터들이었다. 물론 지금은 1위 자리를 미라클 길드에 내어줬지만.

"안녕하세요. 일성 길드의 마스터 최태호입니다."

이 자식이 공명던전으로 장난질을 하는 그 새끼구만.

"별로 안녕하지 못한데? 비키지?"

"초면에 상당히 무례하시네요."

"무례는 멀쩡히 길 가는 사람 앞을 막은 걸 무례라고 하는 거지. 네가 인사를 하면 내가 받아줘야 하나? 세상이 다 네 마음대로 돌아간다고 생각해?"

지후의 말에 최태호의 뒤에 있던 헌터들이 인상을 찡그리고 있었다.

최태호 또한 겨우겨우 화를 참고 있었다. 살아오면서 그 누구도 자신에게 이렇게 막 대했던 것은 처음이었기 때문이다.

"제가 실례를 했나 보네요. 오늘 기분이 안 좋으셨나 본데 제가 실례했습니다."

"나도 네가 내 앞에서 입 벌리기 전까지는 기분이 매우 좋았지."

"이지후씨는 정말 무례한 사람이군요."

"신선하지? 다들 네 아빠 때문에 네 앞에서 설설 기었을 텐데."

"말이 심하십니다."

"내가 아까 말했지? 네가 입 벌리기 전까지 기분이 좋았다고. 너 점심에 똥이라도 먹었냐? 뭔 아가리에서 이렇게 똥내가 나. 몬스터가 너한테 형님 하겠네."

더는 참지 못한다는 듯이 지후에게 달려들려던 일성길드의 헌터들은 최태호의 손짓에 의해 멈출 수밖에 없었다.

'아쉽네. 이 기회에 몇 대 패주고 가려고 했는데.'

"장난은 이만 하시죠. 길을 막은 건 제가 죄송했습니다."

"장난 아닌데? 너 한번 너네 길드원 얼굴에 대고 후해봐. 나도 S급 아니었으면 지금 서있기 힘들었을 걸? 네가 진정한 아가리 파이터였네. 혹시 스킬이야? 스킬명이 뭐야?"

지후는 한손으로 코를 막으며 손을 휘저었고 그 광경을 점점 많은 사람들이 보고 있자 최태호는 얼굴을 붉히며 자리를 떠났다.

'이지후…. 웃을 수 있을 때 많이 웃어둬라. 너도 이세곧 끝이야. 오늘 받은 이 모욕은 곧 돌려주지.'

"지후야. 그래도 일성인데 너무 심한 거 아니야? 일성길드는 일성그룹의 자회사 개념인데."

"쫄지마. 나랑 일하려면 누나나 형도 어디 가서 숙이지 말고 당당하게 행동해."

"그런데 이건 당당한 게 아니고 막나가는 거 아니야?"

"괜찮아. 누나나 형은 모르는 나와 저새끼 사이에 그런 일이 있어."

"오늘 처음 만난 거 아니야?"

"아 조만간 알게 되니까 캐묻지 좀 마."

"쳇. 알았어."

지후는 경매시작 5분전에야 초청장이 있어야만 입장할 수 있는 VIP 경매장에 입장했다.

시끄럽던 경매장은 지후가 입장하자 정적이 감돌았다.

조만간 1년에 한번 있는 세계적인 경매가 진행될 예정이었기에 오늘 경매장에는 생각 외로 외국에서 많은 사람들이 오지는 않았다.

물론 대리인들이 참석하기는 했지만 그들은 지후에게 말을 걸고 싶어도 걸 수가 없었다.

지후가 협회에서 했던 급이 안 되는 인간이 말거는 걸 싫어한다는 말이 알음알음 퍼져나갔기 때문이다.

"안녕하십니까? 오늘 경매를 진행할 크리스토 경매의 사회자 제이슨입니다. 모두 오늘 경매를 즐겨 주시기 바랍니다."

현재 4번째 경매가 한창 진행되고 있었다.

지후는 자신의 눈길을 끌만한 아이템이 나오지 않자 점점 경매가 지루해졌다.

지후가 갖고 싶은 고리의 팔찌는 아직 나오려면 멀었다. 비싸게 경매가 될 만한 물건일수록 뒤에 등장하기 때문이다.

지후는 와이즈에게 한 가지 정보를 들었다.

고리의 팔찌가 비쌌던 진짜 이유를 알게 되었다.

세상에는 고리의 팔찌라는 이름으로 알려졌지만 팔찌의 주인들은 세이버라고 부른다는 말이었다.

팔찌의 아이템을 넣을 공간에 9개의 아이템만을 넣고 나머지 하나의 공간에는 아이템이 아닌 다른 것을 담는 것이 정석이라는 말을 들을 수 있었다.

나머지 하나의 저장 공간에는 마력을 저장해둘 수 있다고 했다.

마력을 저장해두고 필요할 때 언제든 빼서 쓸 수 있다. 그리고 마력의 저장용량은 무한이다.

그건 지후처럼 엄청난 내공의 소유자에게는 말 그대로 미친 아이템이었다.

마르지 않는 내공이 될 수 있다는 소리였다.

지후는 이런 아이템이라면 몇 조가 들더라도 아깝지 않다는 생각을 하고 있었지만 혹시 모를 경매가의 폭주를 대비해서 슬슬 장난을 칠 생각이 들었다.

"다섯 번째 경매를 시작하겠습니다. 이제 슬슬 본격적인 경매의 시작인데요. 이번에 진행할 아이템은 트롤의 갑옷세트 입니다. 투구, 상의, 하의, 건틀렛, 부츠까지 다섯 가지의 피츠가 하나의 세트입니다. 일단 스킬로는 재생이 붙어있습니다. 어떤 상처든 치료해 준다는 생존기가 붙은 아이템입니다. 그리고 방어력 +50 체력증가 10%옵션과

힘 10%증가 옵션이 있습니다. 자 그럼 시작가 50억으로 시작하겠습니다."

'힐러가 있는데 딱히 필요는 없지 않나? 하지만 탱커 입장에서는 목숨의 여벌이니 필요하겠군.'

"50억."

"네 1번 고객님 50억 나왔습니다."

일성기업의 최태호가 손을 들고 있었다.

그 모습을 보고 지후는 입가를 씰룩이고 있었다.

"55억."

"60억."

"65억."

"70억."

"80억."

"150억."

한참 일성과 외국길드들의 경매가 치열하게 진행되고 있었다. 그 때 지후의 150억 발언에 장내는 잠시 소란스러워졌다.

"150억. 150억 나왔습니다. 더 입찰하실 분이 없으시다면 셋을 세고 주인은 15번 고객님으로…."

"160억."

"네 1번 고객님이 160억을 부르셨습니다. 15번 고객님은 더 입찰하시지 않으실 건가요?"

"200억."

"200억 나왔습니다. 더 입찰하실 분 안계십니까?"

"하나. 둘. 셋."

땅땅땅.

"다섯 번째 경매품 트롤의 갑옷은 15번 고객님의 손으로 들어갔습니다."

"이제 여섯 번째 경매 물품을 공개하겠습니다. 여섯 번째 경매품은 요정의 갑옷세트입니다. 구성은 상의, 하의, 신발로 되어있습니다. 스킬로는 플라이와 블링크가 있습니다. 말이 갑옷이지 사실 옷처럼 보입니다. 일단 디자인이 정말 예쁘고 가볍습니다. 하지만 방어력 50%상승과 회피율 20%증가 그리고 이동속도 20%증가 옵션도 있습니다."

저 아이템을 보자 지후는 딱 한사람이 생각났다. 그리고 옆으로 고개를 돌렸을 때 지현의 눈빛을 볼 수가 있었다. 시선은 요정의 갑옷에 고정되어 있었고 눈가엔 습기가 가득 차 있었다.

'저게 그렇게 갖고 싶을까? 하긴 누나가 하얀 옷을 좋아하기는 하지.'

"시작가 100억에서 시작합니다."

"100억."

"네 이번에도 역시 1번 분입니다. 오늘 경매장의 큰 손으로 등극하시는 건가요? 벌써 2개의 아이템을 낙찰 받으셨는데 이번 아이템도 낙찰 받으실 수 있을지 정말 기대가 됩니다."

"200억."

"15번 고객님이 단숨에 경매가격을 200억으로 올렸습니다. 이건 내꺼니까 탐내지 마라 이건가요? 자 200억 나왔습니다. 더 없으…."

"220억."

"네 3번 고객님이 220억을 불렀습니다."

"250억."

"1번 고객님께서 다시 입찰을 하셨습니다. 250억 나왔습니다."

"300억."

"15번 고객님 300억 나왔습니다. 정말 통이 크십니다."

"400억."

와아아아아!

"1번 고객님께서 화가 나셨을까요? 단숨에 경매가가 400억까지 올랐습니다."

"500억."

"역시 15번 고객님은 큰 손이십니다. 절대 양보란 없습니다."

최태호는 굳이 500억 이상을 들여서 이 아이템을 살 생각은 없었다.

사면 좋고 안사도 그만인 아이템이었기 때문이다. 그저 지후에게 아까 당했던 복수로 금액을 올리고 있을 뿐이었다.

결국 요정의 갑옷세트는 지후의 손에 들어갔다.

지현은 계속 지후만 뚫어져라 바라보고 있었지만 지후는 아랑곳 하지 않고 경매에만 참여하고 있었다.

지현은 괜히 지후를 건드려서 먹을 것도 못 먹는 일이 일어나지 않도록 지후에게 물을 건네주며 조용히 있었다.

순식간에 경매는 지나갔고 최태호와 지후는 모두 연속된 세 번의 경매에는 참여하지 않았다.

그리고 열 번째의 경매가 시작되자 최태호의 눈빛이 달라지는 것을 보고 지후는 이제 본격적인 시작이라는 것을 느낄 수 있었다.

"이번 10번째 아이템은 가시방패입니다. 방어력 +100에 방패로 방어 시 방패에 있는 가시가 튀어 나와 적중된 적에겐 50의 피해를 준다는 옵션이 있습니다. 또한 과다출혈 효과도 있습니다. 경매가 200억에서 시작합니다."

경매가는 순식간에 550억까지 올라갔다.

"700억."

"그동안 조용히 있으셨던 15번 고객님께서 다시 경매에 참여하시는 군요."

"750억."

"800억."

"1000억."

"시작됐습니다. 15번 고객님의 따라올 테면 따라와 봐. 자 과연 가시방패는 이대로 15번 고객님에게 낙찰될까요?"

이건 꼭 가져가겠다는 눈빛으로 최태호는 계속 베팅해 나갔다.

어느새 경매는 최태호와 지후의 2파전이었다.

"3000억."

지후가 3000억을 베팅하자 최태호의 얼굴은 흙빛으로 바뀌어 가고 있었다.

원래라면 1500억 정도가 적당한 가격인 아이템이었다.

하지만 지후가 실실 웃으며 베팅을 하자 약이 오른 최태호는 지후를 따라 계속 베팅을 했던 것이다.

최태호는 지후가 어떻게든 가시방패를 얻고 싶어 한다는 생각이 들었고 마지막으로 가격이나 크게 올려서 지후에게 엿을 먹이자는 생각으로 단 번에 500억의 입찰금액을 올렸다.

"3500억."

"3500억! 1번 고객님에게서 3500억이 나왔습니다. 15번 고객님. 어떻게 하시겠습니까? 입찰 진행이냐 포기냐 과연 15번 고객님의 선택은?"

지후는 고심하는 눈빛을 보내고 있었다.

'빨리 입찰해. 새끼야. 내가 오늘 네 통장을 확실히 거덜 내 주지. 그동안 솔로잉 한다고 고생했다. 하하하'

하지만 이런 최태호의 생각은 제대로 빗나갔다.

지후는 최태호를 바라보며 보기 쉬운 입모양으로 대화를 하고 있었다.

'너 가져.'

그후 지후가 입찰포기의사를 사회자에게 보낸 것이었다.

그렇게 최태호는 2배 이상의 금액을 지불하고 가시방패를 얻게 되었다.

가시에 제대로 찔려서 마음속에 과다출혈이 일어나는 순간이었다.

지후는 번번히 그런 식으로 최태호에게 물을 먹이고 있었고 최태호는 슬슬 짜증이 나고 뭔가 이상하게 돌아가고 있다는 생각이 들었다.

"열여섯 번째 아이템은 바로 원거리 딜러들이라면 누구나 탐낸다는 아이스 애로우입니다. 일단 화살이 필요 없습니다. 활이 자체적으로 얼음 화살을 생성해 줍니다. 적중 시에 이동속도를 느려주기도 하고 마력을 많이 주입하면 적을 얼려버리기도 하는 원거리 딜러라면 누구나 탐내는 아이템입니다. 공격력 +100 관동력 +50, 스킬로는 멀티 샷이 있습니다. 자 시작가 500억입니다."

결국 이번에도 지후와 최태호의 2파전이 펼쳐지고 있었고 최태호의 인내심은 바닥을 향하고 있었다.

가시방패의 출혈효과일까? 최태호는 자리에서 일어나서 항의의 말을 건네고 있었다.

"지금 저자식이 의도적으로 경매금액 가지고 장난하는 거 안보여!"

"저는 그런 적이 없습니다만."

"네가 지금 의도적으로 가격만 올리고 빠지고 있잖아."

"무슨 소리인지 모르겠습니다. 뭐 눈엔 뭐만 보인다고 1 번 분께서 그러셨나 봅니다. 그리고 아가리좀 닫으세요. 똥 냄새가 여기까지 진동하네."

"두 분 모두 진정하세요. 지금 경매중입니다. 계속 소란 이 이어진다면 앞으로 두 분은 저희 크리스토의 경매장을 이용하실 수 없으십니다."

경매장의 이용은 헌터에게 절대적이다. 그리고 크리스토 경매는 세계 3대 경매업체다. 소문이라도 난다면 나머지 경매업체들도 입장을 제한할 지도 모르기에 최태호는 이가 갈리고 있었다.

"하지만 사회자님도 저 자식이 일부러 금액을 올린다는 생각은 안 하십니까? 가시방패의 다른 경매장에서의 최고 낙찰가가 1500억이었습니다. 그런데 저 자식이 금액을 올려 서 저는 3500억에 샀습니다. 지금도 아이스 애로우를 4000 억까지 올려놓지 않았습니까! 솔직히 아이스 애로우를 누가 4000억씩이나 주고 삽니까? 2000억이면 충분한데!"

"저도 사회자님에게 한 가지 묻고 싶은 게 있습니다. 저 는 필요한 아이템은 가격이 높더라도 꼭 가지고 싶었습니 다. 그게 경매 아닙니까? 지금 1번 분이 하는 말은 4000억을 주고 살 이유가 없다는 말인데. 왜 4000억을 베팅했을까요? 저는 아까 3900억을 베팅했을 때 살 의사가 있었습니다. 그런데 저 사람은 4000억을 주고 살 생각이 없다고 합니다. 저거야 말로 일부러 저의 돈을 쓰게 하려고 경매금액을 조작하는 게 아닙니까?"

지후의 말에 주위에서는 웅성거리는 목소리가 커지고 있었다.

지금 이곳에는 외국의 길드에서 나온 사람들이 반 이상 되었기에 그들은 딱히 최태호의 우호세력은 아니었다.

"아… 아닙니다."

"지후님의 말도 일리가 있습니다. 경매장은 본래 자신이 원하는 물건을 상대보다 많은 금액을 내고 사가는 곳이 맞습니다. 그런데 최태호씨의 말은 조금 이상하군요. 운이 좋아 시세보다 저렴하게 구입하는 사람들도 있지만 경매장은 대부분 구하기 힘든 물건을 구하는 곳입니다. 상식적으로 시세보다 올라가는 게 당연합니다."

"죄송합니다. 제가 흥분했습니다."

최태호는 사회자와 경매장에 있던 모든 사람들을 향해 고개를 숙였다.

"사회자님 한 가지 궁금한 게 있습니다. 저는 경매장이 오늘 처음이라 잘 모릅니다. 경매장은 100%현금 결제로 알고 있는데 혹시 할부가 된다거나 담보를 맡긴 다던가 그런 게 되는 건 아니죠?"

"물론입니다."

"알겠습니다. 혹시나 해서 여쭤 봤습니다. 어떤 철없는 애송이가 경매 룰도 모르고 설치는 것 같아서 제가 잘못된 상식을 가지고 있나 했습니다. 아 혹시 아빠카드 결제 같은 건 안 되죠?"

"100% 현금 결제입니다. 만약 그걸 어긴다면 전 세계의 모든 경매업체에 블랙리스트로 등록되어 어떤 경매업체에서도 그 사람을 입장시키지 않습니다."

"알려주셔서 감사합니다."

지후는 최태호를 보며 웃음을 짓고 있었다.

"그럼 경매를 진행하겠습니다. 1번분 4000억 나오셨습니다. 15번분 입찰 진행하시겠습니까?"

"아니요. 포기합니다. 시세가 2000억이라는데 몰랐을 땐 질렀겠지만 알고도 지르고 싶지는 않네요."

땅땅땅.

"아이스 애로우는 4000억에 1번 분에게로 낙찰되었습니다. 축하드립니다."

최태호의 표정은 더 이상 나빠질 수 없을 정도로 썩어있었고 지후는 환하게 웃고 있었다.

그 후에도 경매가 진행 됐고 지후는 그저 바라보고만 있었다.

"이번에 소개해드릴 19번째 아이템은 블랙드래곤소드입니다. 사실 따로 스킬은 붙어있지는 않습니다. 하지만 블랙드래곤의 뼈로 만들어 졌다는 이 대검은 베지 못하는 것이 없다고 알려진 검입니다. S급 블랙드래곤소드는 아니지만 A급보다는 좋다고 평가되는 아이템입니다. 굳이 등급은 없지만 A+급 정도 된다고 보시면 될 것 같습니다. 일단 이 검으로 적에게 상처를 입으면 적은 초당 20의 피해를 입게 됩니다. 검이 적중 될 때마자 독을 뿜거든요. 그 중독은 웬만한 스킬로는 치료도 안 되니 오늘 경매 물품 중 단연 최고라고 자부 할 만합니다. 그리고 공격력 +100 독에 대한 내성이 강해진다는 효과가 옵션으로 있습니다. 기존 시세가 있으니 1000억에서부터 시작하겠습니다."

다들 이 아이템을 노리고 있었는지 아이템의 가격은 순식간에 3000억을 뛰어 넘고 있었다.

최태호 또한 다시 베팅을 하고 있었다.

"3500억."

최태호가 단숨에 500억의 베팅 금액을 올렸다.

지후는 눈치 챌 수 있었다.

자신이 고리의 반지 때문에 경매장을 찾았다면 최태호가 경매장에 온 이유는 바로 이 섬 때문이라고.

그리고 자신으로 인해서 최태호의 지갑이 비어버렸다는 사실을.

반면 지후의 지갑은? 딱히 티가 날 정도로 쓰지도 않았다.

"4000억."

"조용히 계시던 15번 고객님이 4000억 부르셨습니다. 4000억! 다른 고객님들은 없으십니까? 이건 다른 경매업체에서 최고 낙찰가가 6000억이 넘었던 아이템입니다."

과열된 분위기 속에서 다른 참가자들도 오버베팅을 하는 바람에 경매의 마지막이 다가 오자 지갑들의 두께가 얇아졌기에 더 이상 베팅할 금액이 없었다.

'다들 4000억은 없다는 소리군. 그럼 고리의 반지도 4000억이면 살 수 있다는 소린가?'

땅땅땅.

사회자는 아까까지 과열된 경매로 인해서 오늘 인센티브는 엄청 날 거라고 생각했지만 기대했던 아이템이 시세보다 훨씬 낮은 가격에 낙찰되자 안색이 흙빛으로 변해갔지만 재빨리 마음을 추스르고 프로정신을 발휘해 경매를 진행했다.

"축하드립니다. 오늘 경매에서 행운의 사나이가 탄생하는 군요. 4000억에 블랙드래곤소드가 낙찰됩니다. 다른 곳에 되팔더라도 훨씬 큰 금액을 받을 수 있을 텐데. 혹시 파실 계획이 생기신다면 저희 경매장에 꼭 연락해 주셨으면 합니다."

그리고 이어진 경매의 마지막 아이템은 단숨에 4000억을 지른 지후에게 낙찰되었다.

경매장은 오늘 엄청난 손해를 떠안게 되었다.

고리의 반지는 그동안 평균거래 시세가 1조원이 넘었던

아이템이었다.

지후의 4000억은 시장의 붕괴였다.

경매장은 울고 싶었지만 신용으로 먹고 사는 곳이었기에 울며 겨자 먹기로 아이템을 넘기고 있었다.

경매가 끝나자 대부분 사람들은 시세보다 훨씬 높은 가격에 아이템을 구매했지만 표정은 나쁘지 않았다. 원래 경매라는 곳이 그런 곳이라는 걸 알고 있기 때문이었다. 다만 최태호는 금방이라도 소리를 지를 것만 같은 표정이었다.

'조금만 기다려라. 내가 네가 가진 아이템까지 다 회수해주지.'

최태호는 먼 곳에서 지후를 바라보며 이를 갈고는 경매장을 떠났다.

지후는 최태호에게 집중을 하고 있었기에 최태호의 중얼거림을 듣고 있었다.

'다음에도 당하는 건 너야. 난 너희들의 모든 아이템을 뺏어주지. 나를 움직이게 하는데 그 정도는 서비스 해줘야지. 제발 비싼 아이템으로 도배하고 있어달라고.'

"안녕하세요. 아까 경매에서 사회를 봤던 제이슨입니다. 15번 입찰자 분이 이지후씨였군요. 그 거침없는 입찰은 정말 인상 깊었습니다."

"감사합니다. 뭐 지야 경매에 온다고 레이드도 뛰면서 총알을 제대로 장전하고 왔는데 정작 제대로 쓸 기회도 없더군요."

지후는 고리의 반지가 몇 조원이 되더라도 꼭 살 계획이었기 때문이다.

"하하하. 그러셨습니까? 혹시 시간이 되신다면 경매장에 재미있는 곳들도 몇 군데 있는데 제가 안내해 드려도 되겠습니까?"

"그래요? 뭐 그러죠. 오늘은 기분도 좋은데."

제이슨의 안내를 받은 지후는 가벼운 발걸음으로 3층에 있는 방으로 들어가고 있었다.

"여기는 로또 방이라고 해야 할까요? 사실 여기에 좋은 아이템이 있을지 없을지 저희도 모릅니다. 협회에서 입수한 아이템을 감정사가 감별을 진행하지 않고 모아 둔방입니다."

"하지만 누군가 감별을 해서 좋은 아이템을 가져가면요?"

"지금 전시된 유리벽에는 감정사의 스킬을 무효화 시키는 스킬이 발동되고 있습니다. 그래서 다른 감정사들이 오더라도 아무 문제가 없습니다. 여긴 그냥 1억이상의 금액을 내면 바로 구매한 아이템을 가져가는 곳입니다."

"대신 꽝이 나올 수도 있고 로또가 터질 수도 있다?"

"그렇습니다. 전부 꽝이 나오더라도 저희가 책임을 지진 않습니다."

"재미있네요."

"한 번 해보시겠습니까?"

지후는 기감을 펼치고 생각보다 괜찮은 기운을 품고 있는 아이템들이 느껴져서 고개를 끄덕였다.

지후는 기감이 느껴지는 곳들에 서서 1억을 내고 5개의 아이템을 구입했다.

"여기서 감정을 하고 가시겠습니까? 아래층에 감정소가 있습니다."

"괜찮습니다. 길드에도 감정사가 있으니 아직은 좋은 기분을 유지하고 싶네요. 혹시 또 재미있는 곳이 있습니까?"

내가 느끼기에 다 엄청난 아이템인데…. 여기서 감정 받으면 너무 미안하지.

"네. 여기가 재미있으셨다면 가볼 만한 곳이 한곳 더 있습니다."

"그럼 거기로 가죠."

"네. 안내해 드리겠습니다."

제이슨과 지후가 대화를 하며 앞장서서 걷고 있었고 그 뒤로는 지현과 수혁이 뒤따르고 있었다.

마치 주인을 보고 꼬리를 흔드는 강아지들처럼 따라다니고 있는 지현과 수혁이닷.

왜냐고? 지현의 요정의 갑옷세트가 걸려있었기 때문이다.

수혁은 괜히 지현이 입을 열어서 초를 치는 상황을 만들지 않기를 바라며 지현에게 한 마디도 하지 말고 그저 가만히 따라다니기만 하라고 신신당부를 했기 때문에 지현은 간질거리는 입을 다물고 그저 묵묵히 따라다닐 뿐이었다.

"여긴 랜덤박스의 방입니다. 저 박스마다 아이템이 들어 있죠. 박스가 작다고 아이템이 작은 건 아닙니다. 저 박스에 축소 마법이 걸려있어서 어떤 큰 아이템도 담을 수 있거든요. 물론 박스는 판매상품이 아닙니다. 내용물만 판매합니다. 그리고 내용물은 모두 감정을 안 했던 물건들입니다."

"이번에도 로또군요."

"그렇습니다. 이 방은 참여시간이 이제 10분 남았네요."

"10분이라뇨?"

"아 제한시간 안에 가장 입찰금을 많이 넣은 사람이 아이템을 가져가는 곳입니다."

지후는 기감을 펼쳤고 이곳에서도 쓸 만한 아이템을 느낄 수 있었다.

하지만 자신이 느낀 아이템에만 입찰을 진행하면 괜히 경쟁 심리를 불러 올지도 모른다는 생각에 이곳에 있는 모든 박스에 1억씩을 입찰했다. 박스는 150개가 있었기에 순식간에 150억을 사용한 지후였다.

하지만 느껴지는 기운으로 보아 150억은 상대도 안 되는 가치가 느껴졌기에 지후는 돈을 아끼지 않았다. 어차피 지후에게는 이제 그 정도는 돈으로 느껴지지도 않고 있었기 때문이다.

많이 입찰 된 곳도 2천만 원이 최고였기에 다들 이상하다는 눈빛을 지후에게 보내고 있었다.

"왜 1억씩이나 입찰하신 건지 여쭤도 되겠습니까?"

"아 오늘 생각보다 돈을 너무 안 써서요. 제가 아까 경매에서 마지막에 득템도 하지 않았습니까? 협회도 손해가 많을 것 같아서 서비스 차원에서 1억씩 입찰 한 것입니다."

대부분의 사람들이 지후를 알아보았고 지후가 이번에 레이드를 통해서 번 수입이 10조원을 넘는 다는 것을 알고 있었기에 사람들은 다들 고개를 끄덕이며 적선쯤으로 생각하며 자리를 이탈하고 있었다.

그리고 시간이 지나자 지후는 150개의 랜덤박스 안에 있던 아이템을 받을 수 있었고 모든 아이템을 아공간에 담은 후에 길드로 돌아가고 있었다.

11. 모노드라마

길드에 도착하자 지후의 사무실에는 박소영 비서와 길드의 감정 팀이 대기 중이었고 지후가 아공간에서 꺼낸 아이템들을 감정 중이었다.

[리플렉트 실드(반사방패) - 막아낸 마력공격은 하루 3회 똑같이 사용가능.

물리 공격의 충격이 적에게 반사 됨.]

[파이어 엄브렐러(불의 우산) - 우산을 펼치면 방어력 50%상승. 적에게 10% 화염 데미지를 돌려줌.

우산을 접은 상태에선 공격력 50% 상승. 공격력의 10%만큼 화염 데미지가 함께 들어감.]

[뇌룡의 갑주 세트 - 뇌전을 사용하게 해줌. 이동속도

50%증가. 방어력 10%증가]

"제대로 터졌네."

"지후야 넌 무슨 운까지 좋아? 보통 이건 대부분이 꽝이어서 로또 경매에 돈 쓰는 사람은 없는데…"

"뇌룡의 갑주 세트랑 파이어 엄브렐러도 내가 쓸 거야. 트롤세트랑 반사방패는 박정식씨 갖다 줘. 메인탱커는 제대로 키워야지. 그리고 블랙드래곤소드는 매형이 1팀에 대검쓰던 사람 있던데 적당히 싼값에 팔아."

"고맙다."

"그리고 나머지 자잘한 것들은 아빠가 하는 마켓으로 보내고."

"그래."

요정세트만 빠져있자 다급해진 지현이었다.

"지후야… 혹시 잊은 거 없니?"

"참을성 없기는…. 요정세트는 누나가 가져. 누나는 몸치라서 이거라도 입히고 보법을 응용해야지. 그럴 계획으로 산 거야."

뭐 어차피 줄 거였다. 다만 약 좀 올리다가 줄 계획이었는데 생각이 바뀌었다. 아직 개봉하지 않은 누나의 아이템이 아공간에 자고 있으니까.

"와! 진짜! 진짜! 고마워!"

사무실에서 폴짝폴짝 뛰어다니며 좋아하는 지현을 보자 지후와 수혁은 덩달아 기분이 좋아지고 있었다.

'뭐 저렇게 철없이 웃고 사는 것도 능력이지. 요즘 같은 엿 같은 세상에….'

지후는 한 동안 고리의 팔찌에 가지고 있는 6개의 아이템을 집어넣었다.

'이제야 내 손이 깨끗해졌네. 앞으로 3개를 더 넣을 수 있다는 거네. 그건 좀 신중해야겠어.'

그 후 지후는 며칠간 팔찌에 자신의 기운을 불어 넣고 있었다.

그럴 일은 없어야겠지만 만약 내공이 부족해진다면 신의 한수가 될 수 있었기에.

◇

지후가 마이크 의원을 만난 지도 어느덧 10일이 되었다.

[오늘이 D-DAY 인데 친구는 제법 여유가 있군.]

"무슨 대단한 일이라고."

[허허허. 역시 내 친구로군.]

"내가 부탁했던 일들은?"

[모두 준비 되었네. 하지만 모두 전제는 친구가 성공해야만 가능하다는 전제가 있네.]

"너무 당연한 걸 말하면 불편하지. 그리고 내가 실패하더라도 어차피 알려질 일이지. 그걸 너희가 뒤늦게 말하는 것보단 선수를 치는 게 나을 테고. 어차피 너희는 잃을 게 없어. 하기 싫다면 지금이라도 말해. 다른 곳을 찾아보지."

[친구 무슨 그런 섭섭한 소리를 하나. 그런데 친구의 계획대로 된다면 대한민국이 붕괴될 수도 있네.]

"상관없어. 그럴 일도 없고. 너희는 너무 계산적이야. 뭐 컴퓨터로 시뮬레이션이라도 돌려봤겠지. 하지만 대한민국은 그런 계산으로 되는 곳이 아니라고. 혹시라도 미국이 뭐 얻어먹을 게 있다고 기웃거린다면 우리는 더 이상 친구관계를 유지 할 수가 없을 거야."

[그럴 일은 절대 없을 걸세. 하지만 기웃거리는 나라가 있다면 우리가 방패정도는 되어주지. 이건 뭔가를 바라는 게 아니고 순수한 호의이니 거절을 하지 말아주게. 그리고 다음 주에 있을 만찬에는 참여하겠지?]

"다 알면서 뭘 물어봐. 이미 정보라인을 통해서 내가 참가한다는 사실을 알았을 텐데."

[아마 이번 일이 끝나면 복잡해질 텐데. 가족이나 미라클 길드도 다 같이 휴가라도 오는 게 어떤가? 내가 친구를 위해서 호텔을 통째로 빌려놨네. 물론 내 전용기도 보내 줄 테니 그저 와서 좀 쉬다 가면 되네.]

"덤으로 너랑 술도 마시고?"

[하하하. 친구끼리 얘기나 좀 하자는 거지.]

"하긴. 폰팅도 아니고 전화기에 대고 통화만 너무 했군.

내가 남자랑 통화하는 취미는 없었는데. 아무튼 잘 부탁해."

[친구도…….]

지후는 오마바 대통령의 마지막 말을 듣지 않고 전화를 끊어 버렸다. 어차피 뒷내용이야 파이팅 하라는 내용일게 뻔했기에.

◇

"일은 어떻게 진행되고 있지?"

"일단 지금 모든 길드들은 상암 월드컵경기장에 모여 있습니다."

"협회는?"

"협회는 길드장님이 말씀하신 대로 아무것도 모르는 D급 헌터에게 상황을 전하게 했습니다. 현재 협회는 시민들을 피난시키고 있습니다."

"잘했어. 협회장이 마음이라도 읽는다면 계획이 잉망이 되는 수가 있어."

"예. 말씀하신 대로 이 일을 알고 있는 관계자들은 1달 전부터 협회 근처에도 가지 않고 있습니다. 그리고 협회와는 얘기가 잘 되었습니다. 웨이브는 이곳에 모인 모든 길드가 막아내고 협회는 시민을 대피시키기로 합의가 끝났습니다."

"좋아. 미라클 길드는?"

"미라클 길드도 경기장에 모여 있습니다."

"혹시 별다른 징조는 없나?"

"없습니다."

"이지후는?"

"현재 작전지역으로 향하고 있습니다."

"크크큭. 힘만 센 명청이 같은 놈."

이번 웨이브의 총 지휘자는 일성길드의 최태호였다. 사실 S급 헌터인 지후가 지휘권을 달라고 해도 문제가 없지만 모든 길드가 단합하여 최태호를 따르는 모양세를 보여주니 미라클 길드는 아무 말 없이 이 곳에 모여 있었다. 그리고 최태호는 미라클 길드에 부탁해서 이지후를 따로 작전 지역으로 보내 두었다. 가장 강하고 빠른 헌터가 현지 상황을 전달하는 게 최선이라며 이지후를 웨이브 현장으로 보내버린 것이었다. 수혁 또한 지후라면 어떤 상황에서도 몸을 뺄 수 있다는 생각에 동의하였다. 물론 수혁은 이게 3성 공명던전이라는 사실을 전혀 모르고 있었지만….

지후는 최태호가 바라던 대로 3성 공명던전이 있는 장소에 도착해 있었다.

최태호는 혹시라도 지후가 협회나 미라클 길드에 연락을
하지 못하도록 공명던전의 주변에 통신방해를 해 놓은 상
태였다.

"통신방해인가…."

지후의 핸드폰이 더 이상 터지지 않고 있었다.

"치졸하긴…. 뭐 상관없지."

지후에게 통신 방해따위는 아무 의미가 없었다. 지후
는 이미 미국을 통해 위성전화와 투명화 기능과 위성통신
이 가능한 드론을 20대 받아서 띄워놓고 있었기 때문이
다.

지후는 기감을 넓혀서 숨어서 자신을 지켜보고 있는 헌
터들의 수혈을 짚어서 잠을 재웠다.

어차피 통신방해로 인해서 이들도 연락을 주고받을 수
없으니 연락이 안 된다고 해서 그들이 이곳에 올 일은 없
다. 자신이 무슨 짓을 하는 지 촬영을 못하게 막기만 하면
되는 것이었기에 죽이지는 않고 수혈만 짚어서 재워버린
것이었다.

"너희가 하려는 대국민 사기극…. 나도 해주지… 어차
피 인생이 연기였는데. 오늘 내가 혼신의 연기를 보여주
지."

콰과과과과과앙!

"시작이군."

3성 공명던전의 웨이브가 일시에 터지고 있었다.

크아아아악!

던전에서 뛰쳐나온 몬스터들의 흥성이 거리에 울려 퍼지고 있었다.

"자이언트 울프, 트롤, 오우거…. 조합 참…. 보스는…. 트윈 헤드 오우거…?"

재밌겠네. 힘, 민첩, 몸빵까지 아주 다 모였네.

"이리 오너라!"

지후의 고리의 반지에서 잠깐의 빛이 반짝였고 지후의 목소리에 모든 몬스터의 고개가 지후를 향해 돌려지고 있었다.

크아아앙!

순간 자이언트 울프들이 지후를 향해 달려왔고 그 뒤를 트롤과 오우거가 흙먼지를 일으키며 달려오고 있었다.

쉬이익!

자이언트 울프의 앞발이 지후를 스쳐갔고 지후는 천왕보를 밟으며 자이언트 울프들의 앞발과 쫙 벌린 아가리를 피하고 있었다.

"공명던전이라서 그런지 그동안 상대하던 것들이랑은 확실히 다르네."

지후는 전신의 내공을 개방하고 천왕신공을 끌어 올리고 있었다.

크르르르.

하지만 지후도 지금은 조금의 부담을 느끼고 있었다.

평소처럼 긴장감이 없는 지후는 아니었다.

느껴지는 기운들도 강했지만 그 수가 2천은 되 보이고 있었기 때문이다.

퍽!

지후가 자이언트 울프를 향해 주먹을 뻗었지만 주먹은 그 사이를 가로 막은 트롤에게 명중되고 있었다.

"씨발…. 재생되잖아… 지가 탱커야? 몸 빵을 하게? 대신 맞아주다니…. 설마 공명던전의 대가리가 지휘까지 한다는 소린가?"

지후는 오랜만에 제대로 된 상대를 만났다는 생각에 진지한 자세로 전투에 임하고 있었다.

"벽력신장!"

지후의 벽력신장이 사방으로 날아가며 몬스터들에게 타격을 주고 있다.

하지만 자이언트 울프를 제외하고는 트롤과 오우거는 죽지 않고 서있었다.

그리고 지후의 옆에는 트롤이 휘두르는 몽둥이가 있었다.

퍽!

지후는 빠르게 양손을 뻗어 방어를 했지만 저만치 날아가 건물에 처박히고 있었다.

콰아앙.

다시 일어서서 걸어 나오는 지후를 향해 자이언트 울프들이 다시 뛰어들었고 지후는 피하고 때리기를 반복하고 있었다.

"벽력신권!"

쉐에엑.

순식간에 지후의 벽력신권이 파공음을 내며 몬스터들에게 적중을 했지만 다시 달려드는 트롤들에 의해서 막히고 말았다.

퍽 퍽. 퍼퍼퍽.

지금 지후는 샌드백이라도 된 것처럼 트롤과 오우거에게 공격을 얻어맞고 있었다.

물론 큰 공격은 호신강기로 보호하고 있었지만 지후의 몸에서도 점점 붉은 피가 흐르고 있었다.

자이언트 울프의 앞발이 지후의 가슴을 후려쳤고 지후의 상체에는 자이언트 울프의 발톱자국이 세겨지며 피를 뿌리고 있었다.

"하아…. 오랜만에 피를 보니까…. 짜증나네…."

지후의 가슴에 상처를 낸 자이언트 울프는 기고만장해진 표정으로 다시 지후에게 달려들었지만 지후는 이형환위를 선보이며 순식간에 자이언트 울프의 뒤에서 등을 향해 주먹을 내지르고 있었다.

자이언트 울프에게 공격이 명중되는 순간 바로 오우거와 트롤의 합공이 지후에게 날아왔지만 지후는 천왕보를 밟으며 빠르게 피하고 있었다.

"패권!"

순간 지후의 오른 주먹에 금빛이 몰아치더니 지후가 내지른 오른 주먹의 일직선은 초토화 되어있었다.

그 일직선에 있던 트롤들조차 재생도 못하고 마정석만을 남기고 사라져 있었다.

휘이익!

오우거의 주먹이 지후의 머리로 권풍을 내며 날아오고 있었지만 지후는 고개를 숙여 주먹을 피하고 오우거의 품 안으로 파고들어 복부에 금빛으로 물든 주먹을 휘두르고 있었다.

펑!

오우거의 복부가 터져 나가는 소리가 들리고 있었지만 몬스터들은 계속해서 쉬지 않고 지후를 향해 공격했다.

뒤에서 달려들던 자이언트 울프의 머리를 돌려차기로 날려버리고 바로 극한의 환영보를 밟아 수십의 환영들이 몬스터를 상대하고 있었다.

지후는 아낌없이 내공을 사용하고 있었다. 수십의 환영들은 몬스터를 빠르게 죽여 나가고 있었고 주위에는 금빛 구체들이 떠오르고 있었다.

퍼퍼펑! 펑! 펑펑! 펑펑펑펑!

순식간에 지후의 강기들이 날아다니며 몬스터들을 학살하며 폭음소리만이 전장을 지배하고 있었다.

쾅!

오우거가 휘두른 베틀엑스가 지후의 발 앞에 떨어지고 있었다.

지후는 바로 베틀엑스를 밟고 오우거의 얼굴로 뛰어올라 권강으로 오우거의 머리를 내려치고 있었다.

콰앙!

"오랜만의 긴장감 있는 전투도 좋지만…. 시간을 너무 끌었어… 15분정도 후면 녀석들이 올 테니까 빨리 처리해야겠어."

순식간에 지후의 몸통만한 금빛구슬이 지후의 몸 앞에 떠오르고 있었고 지후는 한 손으로 그 금빛구슬을 받치고는 공중으로 뛰어 올랐다.

공중에서 지후는 몬스터들의 중심부를 향해 자신의 몸통만한 강기를 던지고 있었다.

콰아아앙!

엄청난 폭발음이 울려 퍼지고 있었고 몬스터들의 대부분이 이번 공격에 휩쓸려서 죽어나갔다.

흙먼지가 가라앉자 운동장만한 크레이터가 생성되어 있었고 살아남은 몬스터는 열이 안 되어 보였다.

물론 지후 또한 이번 공격에 대부분의 내공을 썼기에

매우 지쳐있었다.

"하아 하아. 내가 내공을 이렇게 써본 게 얼마만인지 모르겠네."

지후는 입에 담배를 물고는 호흡을 가다듬고 있었다.

그리고 자신의 상처들에 내공을 보내어 더 이상의 출혈은 막고 있었다.

지후는 빠르게 팔찌에 담아둔 내공을 흡수하고 있었다.

"정말 이 팔찌는 사기네…."

후.

지후가 담배 연기를 뱉고 있을 때 살아남은 몬스터들이 지후를 공격해 왔고 지후는 난타전을 벌이며 아슬아슬하게 치명타만은 피하고 있었다.

공격을 허용하며 바닥을 구르며 아슬아슬하게 몬스터들의 공격을 피하고 있었던 지후의 모습은 누가 봐도 살아남기 위한 발악으로 보였다.

그 순간 보스몬스터인 트윈헤드 오우거의 망치가 파공음을 터뜨리며 지후에게 휘둘러지고 있었다.

파아아앙.

쾅.

지후도 너무 순식간인 공격에 제대로 된 방어를 하지 못했다.

실제로 약간의 방심을 해버린 것이다.

사실 따지고 보면 지후의 방심도 아니었다.

트윈헤드 오우거의 빠르기가 거의 화경에 다다른 무인만큼 빨랐기 때문에 그동안 몬스터들의 공격속도에 적응이 되어있었기 때문이다.

트윈헤드 오우거의 망치에 복부를 정통으로 가격당한 지후는 입에서 피를 토하며 한참이나 날아가 빌딩에 처박혀 있었다.

하지만 그 순간의 틈에 내공으로 복부를 보호했기에 약간의 내상만 입고 피해를 최소화 할 수 있었다.

'시발… 진짜 무시무시한 공격이네….'

지후는 트윈헤드 오우거의 파워에 등줄기에 땀이 흐른다는 것을 느낄 수 있었다.

하지만 지후는 빌딩 안에 처박힌 채로 밖으로 나가지 않고 누워 있었고 전신에 피를 흘린 채 허공을 향해 혼자 중얼거리고 있었다.

"하…. 이럴 줄 알았으면 유서라도 써놓고 올 걸 그랬네요…. 유언이라도 남겨야겠네요…. 뭐 이걸 누가 보게 될지는 모르겠지만… 본다면 부디 저희 가족에게 전해주세요. 제 유언을…."

"아빠…. 엄마…. 지현이 누나… 지수… 지훈이… 지아… 모두 사랑해…. 우선 아빠 미안해. 이제 효도 좀 하나 했는데… 불효를 하겠네…. 엄마…. 우리 엄마…. 우리 다섯 키우느라 고생했어…. 이제 내 걱정은 그만 해도 되….

지현누나…. 매형이랑 행복하게 살아. 이제 철도 좀 들고. 지수야…. 오빠가 너랑 방송도 나가준다고 했었는데… 그 약속은 못 지킬 것 같네… 미안해. 지훈아…. 형이 같이 축구 못해줘서 미안해…. 그리고 지수야…. 오빠가 조만간 인형 사들고 집에 간다는 약속은 못 지킬 것 같네. 내가 우리 식구들한테 용돈은 충분히 남겨놨거든. 뭐 우리 집이 돈이 없는 건 아니지만… 많아서 나쁠 것도 없으니까…. 아끼지 말고 펑펑 써. 그리고… 매형…. 웬만하면 우리 가족 모두 데리고 외국으로 가서 살아. 이 나라는 우리를 죽이려고 해. 아마 내가 죽었다고 해도 그건 멈추지 않을 거야."

"하하하… 내가 어쩌다가 이렇게 유언을 남기게 됐을까? 이걸 누군가 본다면 내 잘못이 뭔지 알려주실래요? 난 그냥 던전을 클리어하면 그만큼 모두가 안전해지니까 그래서 헌터가 됐을 뿐인데…. 다들 내가 던전을 클리어 하는 게 마음에 들지 않는다더군요. 자신들의 이익을 뺏는다고. 지금 이 웨이브가 어떤 웨이브인지 아마 아무도 모르겠죠? 저도 안지 얼마 안됐으니까…. 미국에서 알려주더군요. 이 던전이 더져서 일어났던 세계의 비밀을…. 아마 이 던전이 터진다면 대한민국의 서울은 물론 대한민국의 국민이 반 이상이 죽을 거라고…. 난 도무지 이해를 할 수가 없어요. 니와 사상이 다르더라고…. 예전의 헌터와 지금의 헌터는 달라도 너무 다르더군요. 지금은 오직 자신의 이익만을 위해 움직이지. 예전처럼 신념을 가지고 누군가를 구하기 위해서 칼을 드는 게 아니야. 지금은 그저 돈을 벌기 위해서 칼을 들지. 하다못해 일부러 던전을 터뜨려서 자신들의 이익을 챙기려는 것들이니까. 난 왜 이러고 있냐고요? 난 그들과 협상을 하지 않았으니까. 길드… 정치인… 기업인…. 모두가 대한민국의 국민을 인질로 잡고 있더군요. 던전을 터뜨리고 눈엣가시 같은 나를 죽인다. 그리고 나에게 책임을 덮어씌우고 자신들은 이 웨이브를 막은 영웅이 된다. 무슨 이익이 있다고 이런 짓을 하냐고요? 이 웨이브는 외국들도 막대한 희생을 치루고 서야 막았어요. 러시아는 핵을 2발이나 쐈다고. 그것도 자국의 영토에… 그게 바로 공명던전이야. 이게 터짐으로서 나에게 빼앗긴 레이드 산업의 주도권을 찾아온다더군…. 웃기지…. 그리고 기업들은 초토화된 곳들을 재건이라는 명목으로 막대한 이익을 얻을 것이고… 정치인들은 그들의 뒤를 봐준다. 이렇게 길드와 기업 정치인들이 뜻을 모았더군. 대단하지 않아? 그 이익을 위해 국민들이 흘려야 할 피는 그 눈물은 전혀 계산하지 않고 있어. 뭐 난 괜찮아. 이용당하더라도… 죽더라도… 내가 하나라도 더 데리고 가야 최대한 피해가 줄어들 테니까…. 그리고…. 이제 대부분은 내가 데려갔으니까… 남은 놈들 정도는 어떻게든 막겠지? 그런데 솔직히 믿음은 안가네…. 난 내가 죽는 건 무섭지 않아. 휴우. 그래 뭐 나도 사실 그렇게 신념이 있는 헌터는 아니야. 혹시라도 이 웨이브에 우리가족이 죽는다거나 가족의 지인이 죽어서 우리가족이 슬퍼할 모습을 생각하니까 끔찍하더라고…. 그리고 이런 일을 수많은 사람이 겪는다고 생각하니까 이건 아니더라고…. 그래서 내가 어떻게든 막아보려고…. 전 국민이 참사를 겪는 것보단 나 하나 희생해서 최대한 막아 보는 게 나을 것 같더라고…. 혹시 내가 죽는다면…. 기억해 줘…. 세상에 모든 헌터가 쓰레기는 아니라고…. 마지막으로…. 우리 가족…. 모두 사랑해….”

'이만하면 됐나? 아 감동적인 멘트를 많이 생각했는데 막상 하려니까 생각이 안 나네…. 어차피 중요한 건 유언이라는 단어일 뿐이지. 뭐 오글거리긴 하지만 또 이런 게 먹히거든.'

지후는 자리에서 일어나서 비틀거리며 다시 몬스터들을 향해 걸어갔다.

크아악!

다시 몬스터들의 공격들이 지후에게 적중되고 있었고 지후는 바닥에 처박혔다가 밟혔다가 들어 올려 지기를 반복하고 있었다.

커어억.

지후의 입에서 붉은 선혈이 토해지고 있었고 지후의 안색은 창백했다.

이미 입고 있던 상의는 찢어져서 사라졌고 바지는 걸레가 되어있었고 지후의 전신은 피로 물들어 있었다.

지후는 비틀거리며 일어나 다시 몬스터들과 난타전을 시작했다.

'내가 꼭 이 짓을 하게 만든 새끼들 다 뜯어낸다.'

지후는 이 상황을 만들어 낸 모두의 목을 치고 최대한 뜯어낸다는 생각을 하고 있었다.

지후도 연기를 하고 있었지만 이 상황 자체는 마음에 들지 않았기 때문이다.

'아마 내가 공명던전을 막은 걸 알면 자기들 계획이 망가졌다고 난리 나겠지. 그 모습이 너무 보고 싶어서 내가 이 삽질을 하는 거고.'

쾅!

지후는 트윈헤드 오우거와 몬스터들의 합공에 정말 정신 없이 샌드백처럼 맞으며 바닥을 구르고 있었다.

그 와중에도 계속 일어나 공격을 하는 지후의 모습엔 투혼이 느껴지고 있었다.

아무도 모르겠지만 이게 모두 연기였다는 것을 알면 얼마나 황당할까?

지후는 마치 영화주인공이 극한 상황에서 반전을 시키듯이 끈질기게 몬스터와의 전투를 이어가며 몬스터들의 숫자를 줄여나가고 있었다.

주인공의 극적인 장면을 연출하기 위해 지우는 맞고 또 맞고 바닥을 구르며 피를 흘리고 있었다.

일부러 상처도 치료하지 않은 채로 전투를 진행하는

지우였다.

자신이 힘겹게 싸우고 있다고 보여줘야 했기에.

안 그랬다면 지후는 그냥 처음부터 자신의 몸통만한 강기를 날리고 빠르게 웨이브를 끝냈을 것이다.

하지만 그렇게 해서는 이번 일이 별것 아닌 일처럼 넘어갈 수도 있기 때문에 자신의 몸에 상처를 내고 공격을 맞아주면서까지 지후는 연기를 하고 있었던 것이었다.

'오케이 컷! 더 맞다가는 진짜 골로 가겠네. 슬슬 클라이막스로 가볼까?'

으아악!

지후는 기합을 넣으며 다시 몬스터들에게 황금빛 주먹을 날리며 달려들었고 전세는 완벽하게 역전되기 시작했다.

순식간에 보스몬스터를 제외한 몬스터들을 죽인 지후는 트윈헤드 오우거와 대치상태를 하고 있었다.

쿠워어어!

트윈헤드 오우거가 괴성을 지르며 지후에게 달려들고 있었고 지후는 정말 힘겹게 싸우고 있는 모습을 보여주고 있었다.

트윈헤드 오우거의 망치가 내려쳐질 때마다 엄청난 폭음과 튀어 오르는 아스팔트를 볼 수가 있었다.

쾅! 쾅! 쾅!

지후와 트윈헤드 오우거가 격돌할 때 마다 엄청난 소리가 울려 퍼지고 있었다.

트윈헤드 오우거와 지후는 난타전으로 인해서 전신을 피로 물들이고 있었다.

"하… 그런데… 진짜로 세긴 하네… 나름 내공은 조절했어도 권강으로 치는데… 잘 버틴단 말이지…."

지후는 트윈헤드 오우거의 맷집과 공격력에 감탄을 하고 있었다.

그리고 긴장도 되고 있었다.

혹시라도 트윈헤드 오우거보다 더 높은 등급의 놈이 나타난다면 자신과 같은 화경의 녀석이 나타난다는 소리였기 때문이다.

트윈헤드 오우거야 지후의 압도적인 마력으로 상대가 가능했지만 자신과 같은 경지라면… 어떨까 생각해 보자 지후는 등줄기가 서늘해지는 것을 느낄 수 있었다.

"뭐 그래도 내가 전투 짬밥이 있는데… 어쨌든 현경에 빨리 올라야겠어… 마음대로 되는 건 아니지만…."

계속된 지후와의 난타전에서 결국은 트윈헤드 오우거가 밀리고 있었고 트윈헤드 오우거의 공격은 현저히 느려지고 있었다.

"잘 가라. 그리고 네 덕 좀 볼게."

'이제 이 오글거리는 연기의 마침표를 찍자!'

지후의 손날엔 날카로운 금빛 강기가 맺혀 있었고 순식간에 트윈헤드 오우거의 머리와 몸을 분리시켜 치열했던 전투의 마침표를 찍었다.

"오! 아이템도 주고 가? 딱 보니까 좋은 것 같은데. 잘 써줄게."

지후의 기감에 느껴지는 트윈헤드 오우거가 떨군 아이템들은 A급 아이템들이었기에 지후는 입가에 미소를 짓고 있었다.

바로 지후는 몬스터들의 부산물과 마정석과 아이템들을 아공간에 쓸어 담고 있었다.

모든 정리를 마친 지후는 자리에 주저앉아 담배를 피우고 있었다.

'하 꿀맛이네. 열심히 일한 후라서 그런가?'

"여~"

[정말 성공했나보군.]

"당연하지. 어차피 위성으로 다 보고 있었으면서 뭘."

[하하하. 역시 내 친구는 대단하군. 내가 가장 잘 한 일은 미국내통령이 된 게 아니라 자네와 친구가 된 것 같아.]

"뭐 앞으로도 노력해봐. 우리가 프렌드긴 하지만 베스트 프렌드는 아니니까."

[하하하. 그러도록 하지. 일단 자네가 보낸 영상들은 지금

자막을 입히고 있다네. 유언이라니… 생각해보지도 못 했는데… 자네는 정말 무섭군.]

"중요한건 파급력이라고. 어디 미국 솜씨 좀 구경해 보자고."

[물론이지. 그리고 우리 미국의 기자들이 그들과 거의 동시에 현장에 도착할 걸세.]

"뭐 인터뷰는 나중에."

[그들과 인터뷰는 필요 없네. 방패로 삼으라고 부른 것뿐이니 잘 활용하게.]

"알았어. 그럼 이제 다음 계획도 진행하라고."

[알겠네.]

점점 시끄러운 소리가 지후의 귓가에 들리고 있었다.

군대와 헌터들이 오고 있던 것이다.

지후는 입가에 다시 담배를 물고는 그들을 기다리고 있었다.

충분히 긁어줘야 더 발악을 할 테니까.

5분정도가 지나자 탱크와 장갑차와 헬기들까지 이곳에 도착했다.

"지… 지후야!"

지현이 지후의 모습을 보자마자 달려오고 있었다.

그럴 만도 했다. 지금 지후의 전신은 피에 물들어 있고 옷은 걸레가 되어 있었으니까.

"지후야. 대체 어떻게 된 일이야! 이게 무슨 꼴이야!"

"가만히 있어. 그리고 당장 모든 길드원들을 이끌고 부모님이 계시는 집으로 가! 아무것도 묻지 말고. 뉴스 보면 알게 될 거야. 오늘 하루동안은 길드원들이랑 집에 있어."

"아… 알겠어…."

지후의 눈빛에 제압당한 지현은 더 이상 지후에게 말을 걸낼 수 없었다.

그 뒤로 일성길드의 길드장 최태호와 많은 길드의 길드장들이 지후를 향해 오고 있었다.

"이… 이게… 어떻게 된 거지?"

"왜?"

"어떻게 살아있지…?"

현장은 너무나 처참했다. 엄청난 전투가 있었다는 것을 알려주고 있을 뿐이었다. 최태호는 설마 지후가 3성 공명 던전을 막을 수 있을 정도로 강하다는 사실을 도저히 인정할 수가 없었다.

"본심이 나오는 거야? 내가 죽었어야 했나?"

최태호는 아차 싶었다. 보는 눈이 많은 곳에서 왜 살아있냐는 소리를 했으니….

"그게 아니다… 그냥 지금 이 참상이 이해가 안갈 뿐이다. 대체 무슨 짓을 벌인 거지? 이 피해는 어떻게 할 생각이시?"

"피해라고? 던전의 웨이브를 막은 사람에게 피해를 운운

105

하는 건가? 설마 내가 죽고 여기는 몬스터들이 날뛰고 있었어야 했나? 살아 있어서 미안하군."

설마 이자식이 지금 모든 걸 알고 있었다는 건가? 아닐 거야. 이 일은 철저하게 비밀이 유지 됐는데… 어떻게….

지후는 더 이상의 말은 생략하고 최태호와 다른 길드장들의 가운데를 가로 질러서 걸어가고 있었다.

"머… 멈춰!"

"내가 진짜로 멈춘다면 지금 이 분노를 풀 곳이 필요한데 말이야. 이 분노는 피를 봐야 멈출 것 같아서 말이야. 너희의 피로 샤워를 하게 해줄 생각이 아니라면 갈길 가게 냅두지? 지금 부상 입은 거 안 보이나? 내가 부상만 없었어도 당장 너희를 모두 죽였을 거야. 나를 살인마로 만들지 마. 이건 경고가 아닌 충고야."

순간 주위는 소란스러워졌고 헌터들을 뚫고 달려오는 한 무리의 외국인들이 눈에 들어왔다.

그들의 손에는 방송장비가 가득했기에 누구나 저게 외국 방송에서 나왔다는 것을 알 수 있었다.

"CNN에서 나온…."

"ABC에서…."

"FOX NEWS입니다. 지금…."

"아 죄송합니다. 제가 부상이 좀 심해서. 인터뷰는 나중으로 미루도록 하죠."

지후는 방송국들의 인터뷰 요청을 거절하고 자리를 떠났고 최태호와 다른 헌터들은 국내방송사라면 어떻게 해보겠지만 미국의 방송사들이었기에 지후를 어떻게 해볼 생각을 못하고 그저 바라보고만 있었다.

일성길드의 길드장 사무실은 난장판이 되어가고 있었다.

화가 난 최태호가 손에 잡히는 건 다 집어 던지고 있었기 때문이다.

"씨발! 이지후! 이지후! 이지후! 이게 대체 어떻게 된 거야! 왜 사사건건 방해질이야! 지금 기업이랑 정치인들 다 난리 났다고! 그리고 아버지마저…."

최태호의 발악을 지켜보던 3대길드 중 한 곳인 오딧세이 길드의 길드장이 입을 열고 있었다.

"그래서 어떻게 하자는 거지? 지금 이대로라면 우리는 모두 죽을지도 모른다. 아니… 살아도 매장 당하겠지."

"길드장님 큰일 났습니다. 지금 뉴스를 보셔야…."

하지만 사무실에 있던 TV는 이미 박살이 난 상태였다.

"대체 무슨 큰일이 났다는 거야! 지금 이것보다 큰일이 어디 있어!"

"지금 이지후의 오늘 공명던전 웨이브를 막는 장면이 전파를 타고 있습니다."

"뭐라고?! 막아! 어떻게든 막으란 말이야!"

"불가능 합니다. 이지후의 레이드는 미국에서 방송을 하고 있습니다. 그리고 지금 외국전역으로 방송되고 있습니다. 우리나라도…. 케이블을 중심으로 방송되고 있는데… 시청률에 미친놈들이라면… 아마도 일을 망친 저희보다는 방송을 내보내는 쪽을 택할 것 같습니다. 사실 언론을 막는 건 더 이상 의미가 없습니다. 이미 인터넷을 통해서 다 퍼져나가고 있습니다…."

"씨발! 대체! 그자식이 어떻게!"

"아무래도 외국에서 공명던전에 대해 사전에 이지후에게 알려준 것 같습니다."

"치자."

"치긴 뭘 쳐. 이 상황에 무슨 소리야!"

"솔직히 지금이 마지막 기회야. 이지후가 부상을 회복하기 전에 총동원해서 이지후를 죽이자."

"뭐?"

"우리 오딧세이 길드를 전원 부르지. 그리고 아까 왔었던 길드들에도 모두 연락해. 아까 너도 봤겠지만 힐러가 치료를 하더라도 쉽지 않은 부상이었어. 다행이라면 이지후의 누나가 이지후와 같이 있지 않더군. 이지후는 지금 집에 혼자 있다. 이 일에 연관된 모두를 부른다면 승산은 있어. 그리고 모두가 단합한다면 언론은 충분히 조작할 수 있어."

"외국에 이미 퍼졌잖아."

"외국은 어차피 외국이야. 우리의 주 무대가 아니라고. 그리고 그 자식이 죽는다면 편을 들어줄 이유가 없는데 계속 귀찮은 짓을 하려고 할까?"

"내가 길드들에 연락하지. 이번엔 너희 산하에 있는 블랙헌터들도 다 불러야 할 거야."

"물론이지."

"작전은 새벽 3시에 한다."

"너무 늦는 거 아니야? 그 사이에 회복이라도 하면 어쩌려고!"

"그럼 그 숫자가 단체로 공격하는 걸 세상에 떠들기라도 할 생각이야? 최대한 은밀하게 움직여도 이 숫자라면 통제가 힘든 마당에!"

"내가 생각이 짧았다…."

"당장 준비해. 2시까지는 너도 모이도록."

"알았다."

◆

"지후씨는 정말로 오늘 밤에 암살자가 올 거라고 생각하십니까?"

"당연하죠. 그래서 제가 어제부터 사령관님과 대사님을 집에 모셔둔 것이지요."

지후의 집에는 공명던전이 일어나기 하루 전날 은밀하게 주한미군 사령관과 주한 미국대사가 방문해 있었다.

"그런데 정말 전쟁이라도 하실 생각이십니까?"

"아뇨. 전쟁은 없어요. 하지만 확실한 명분을 원해요. 그리고 나뿐만 아니라 당신들마저 공격하려고 했다면 그게 주한미군 사령관과 주한미국대사라면 군과 정치권은 벙어리가 되겠지요. 그리고 그 보복은 당신들 몫이고."

"그런데 왜 항공모함을 부르신 것입니까?"

"무력시위. 그런데 항공모함은 언제 도착하죠?"

내가 이 정도라는 사실을 보여줘야 앞으로 기어오르질 않거든.

"30분 내로 동해상에 진입한다고 합니다."

"절대로 들키지 말라고 전해주세요. 쫄아서 시도조차 안 하면 곤란해지니까."

"스테니스 호에는 투명화 기능이 탑재되어 있습니다. 그리고 마력과 전파방해 장치가 있어서 레이더에 걸릴 일이 없습니다."

어느덧 새벽 3시가 되어가고 있었고 아무런 공격이 없자 사령관과 대사는 점점 졸음을 참기가 힘들었다.

어제는 지후를 처음 봤고 잠자리가 바뀌는 바람에 제대로 잠을 못 잤었기 때문이다.

"지후님. 이만 들어가서 주무시는 게 어떠신지요?"

"괜찮습니…."

지후가 말을 하는 도중에 갑자기 밖에서 들리는 묘한 소리에 기감을 펼쳤고 무언가 자신의 집을 향해 날아온다는 사실을 알 수 있었다.

"숙여!"

지후는 바로 호신강기를 펼치며 대사와 사령관을 양쪽 겨드랑이에 끼웠다.

쾅! 쾅쾅쾅!

엄청난 폭음과 함께 20여 발정도의 RPG 로켓포들이 지후의 집을 불태우고 있었다.

지후의 집 주변은 대부분 기업가들의 소유였기에 미리 그들에게 상황을 설명하고 자리를 옮기도록 권유했다. 그래서 지금 최태호는 지후의 집에 마음껏 로켓을 발사하고 있는 상황이었다.

지후는 암살자들을 생각하고 있었는데 설마 도심에서 로켓포를 발사할 것이라는 생각을 하지는 않았기에 그저 황당하고 당황스러울 뿐이있나.

"죽었을까요?"

"살아있겠지. 하지만 원래도 부상이 있었으니 거의 죽기 직전이겠지. 그래도 괜찮아. 저길 봐. 우리가 가져온 탱크와 장갑차들을. 은밀하게 움직이느라 아이템이랑 스킬까지 사용해서 모셔왔는데 이대로 죽어주면 안되지."

그때 무너진 건물더미에서 사람이 나오고 있는 게 모두의 눈에 들어왔다.

그리고 지후의 양손에는 사람이 있었다.

"이만 내려주시지요. 그리고 저희를 살려주셔서 감사합니다."

"당연한 말씀을."

"그럼 저희의 할 일을 하도록 하겠습니다."

두 사람은 각자 핸드폰을 꺼내서 어딘가에 전화를 걸고 있었다.

"화끈 하구만. 설마 여기서 이런 짓을 할 줄이야. 급하긴 많이 급했나봐?"

"다 닥쳐라! 다 죽어가는 놈이 허세부리지 마!"

"다 죽어간다고? 누가? 설마 내가?"

"끝까지 허세를 부리는 군. 아까 그 부상에 지금 이 공격을 받고 네가 과연 멀쩡할까?"

"당연히 멀쩡하지. 아까 그거야 일부로 너희한테 보여주려고 다친 상천데 말이야."

"뭐… 뭐라고?"

"내가 친절하게 설명을 해주지. 3성 공명던전? 그거 난 알고 있어. 너희가 무슨 짓을 꾸미는지도. 그리고 감히 나를 가지고 장난질을 쳐? 우리가족을 인질로 잡고?"

"너희 가족을 인질로 잡다니?"

"전 국민의 목숨을 가지고 장난질 쳤잖아. 우리 가족도 국민이야. 너희가 대국민 사기극을 기획했기에 나도 대국민 사기극을 기획했지."

"설마… 이게 다…."

"빙고!"

지후는 정말 해맑게 웃으며 말을 하고 있었다.

"너만 죽으면 어차피 다 끝이야!"

"글쎄…. 나 죽어도 너넨 죽어… 그리고 너희 전부가 다 덤벼도 나 못 죽여."

"오만하군. 네가 강한 건 맞지만 지금 이 전력을 네가 이길 수 있다고 생각하나? 뒤에 보이는 탱크와 장갑차에 이 많은 헌터를 혼자 상대하겠다고?"

"아 혼자 상대한다고는 안했어. 내가 너네랑은 노는 물이 다르거든. 너희는 실수했어. 지금 내 뒤에 있는 두 사람이 누구인 것 같아?"

다들 두 사람을 봤지만 아무도 대답이 없었다.

"모르나 보네? 뭐 알아보는 사람들이 조금은 있을 줄 알았는데."

그때 군 부대에 있던 대령의 입에서 바들바들 떨리는 말소리가 들리고 있었다.

"주… 주한 미군…사령관…?"

"빙고. 그 옆에는 주힌미국대사야. 너희가 로켓공격을 가한 사람들이야. 내가 겨우겨우 구했고."

"축하해. 헬게이트를 연 것을."

"미… 믿을 수 없다…"

"안 믿어도 돼. 지금 이 양반들이 열심히 통화했어. 곧 도착할 거야. 아 저기 오나보네?"

지후는 하늘을 바라보고 있었고 곧 엄청난 전투기소리가 들리며 상공을 돌아다니고 있었다.

"축하해. 미국과 전쟁을 일으킨 것을. 미국은 자국민의 안녕을 위해서 지금 동해에 항공모함이 와있다고 하더군. 전쟁을 일으킨 소감이 어때?"

"마… 말도 안 돼!"

주한미군 사령관을 알아봤던 대령은 절규하고 있었다.

이익에 눈이 멀었던 건 사실이지만 나라를 지키는 군인이다. 그리고 미국의 항공모함이다.

주한미군기지에 있는 병력들과 항공모함이라면 대한민국이 불바다가 되는 시간은 얼마 걸리지 않는다.

그리고 자신들이 먼저 사령관과 대사를 공격한 건 사실이었다.

그 사실을 모르고 했다고 죄가 없어 지는 건 아니었다.

또한 이곳에 있는 탱크와 장갑차. 그리고 폐허가 된 집은 명백한 증거다.

"끄… 끝났어…"

"너희가 잘 모르는데 내가 너희랑은 급이 다르거든. 미국 대통령이랑 친구 먹고 사우디 왕자랑은 형 동생 하는 사람이 바로 나야."

"죽어!"

순간 최태호와 일성길드의 헌터들 그리고 오딧세이 길드원들이 달려들었지만 지후는 그저 벌레가 달려 드냐는 듯 뚱한 표정만을 짓고 있었다.

"갈!"

지후의 사자후가 터졌고 지후에게 달려들던 헌터들은 모두 바닥을 뒹굴며 귀와 코, 입에서 피를 흘리며 쓰러지고 있었다.

그걸 지켜보던 모든 헌터들 또한 직접적인 공격이 아니었음에도 내상을 입었는지 입가에 피를 흘리거나 주저앉는 헌터들이 많았다.

크으윽.

곳곳에서 신음소리가 들렸지만 지후는 아무렇지도 않게 걸어 나갔다.

그리고 오딧세이 길드의 길드장 앞에 멈춰 섰다.

그리고 지후는 다리를 들더니 쓰러져서 고개만 들고 바라보고 있는 오딧세이 길드장의 머리위에 진각을 밟았다.

콰앙!

순간 오딧세이 길드장의 뇌수와 파편들이 터져나갔고

머리가 없는 몸통만이 공중으로 떠오르고 있었다.

다들 이 끔찍한 광경에 온몸에 소름이 돋고 있었다.

지금 이 장면은 분명히 봤던 장면이었다.

지후의 마지막 솔로잉 영상으로 봤던 장면이다.

그걸 인간에게 하고 있는 것이었기에…. 그들은 지금 자신들이 얼마나 큰 잘못을 저질렀는지 체감하고 있었다.

도망이라도 가고 싶지만 너무 떨려서 다리가 땅에서 떨어지지 않고 있었다.

그것은 지금 지후가 광범위하게 퍼뜨린 살기 때문이었다.

지후는 로켓포에 완전히 무너져 내린 집을 보고 몹시 분노하고 있었다.

자신의 아늑했던 게임 룸이 날아가 버렸기 때문이다.

이대로라면 본가로 들어가야 하는데 분명히 엄마가 지후가 하루 종일 게임만 하고 있는 모습을 보고 가만히 놔둘리가 없었기 때문이다. 이대로라면 다시 밥돌이가 된다는 생각에 머릿속이 복잡한 지후였다.

지후는 다시 발걸음을 옮기고 있었다.

옮길 때마다 엄청난 폭음소리와 장기와 육편이 튀고 있었다.

지후는 한 걸음 한 걸음 내딛을 때마다 진각을 밟으며 쓰러진 헌터들을 밟고 지나가고 있었기 때문이다.

그리고 지후가 멈춰 섰다.

"마지막으로 할 말은?"

"사… 살려줘…. 제발…."

"늦었어. 너 같은 새끼를 살려주면 꼭 나중에 뒤통수를 치거든. 내가 그런 경우 많이 봤어."

무림에서 지켜야할 노모와 아이가 있다고 하도 울어서 살려줬더니 나중에 내 등 뒤에서 칼침을 꽂더라고…. 물론 피했지만.

"아… 걱정하지 마. 일성길드도 일성그룹도… 네 애비도… 혹시 있을 일가친척과 가족들도 모두 죽여줄게. 내가 낮에 분명히 경고를 했을 텐데? 나를 살인마로 만들지 말라고. 경고가 아닌 충고라고 친절하게 말까지 해줬는데 말이야."

"이러고도 네가 무사할 것 같아!"

"걱정도 팔자네. 나 면책특권 있어.. 너 죽여도 괜찮아. 그리고 전쟁나면 어떻게 살아남을까만 고민하면 돼."

"전쟁이 일어나면 국민들은…."

"국민? 네 입에서 그런 말을 하면 안 민망하냐? 국민을 인질로 웨이브를 터뜨리려던 새끼가? 그리고 걱정 마. 내가 생각하는 국민은 이 일에 아무 관련이 없는 사람들이야. 그들은 모두 살 거야. 그런데 이 일에 관여된 새끼들은 한 놈도 안 빼고 죽여 버릴 거야. 죽이고 나서 그동안 욕심 부렸던 재산들 합법적이든 말든 다 뺏을 거야."

"그런 말도 안 되는…"

"그건 네가 걱정할 일이 아니야. 너네도 지금 말도 안 되는 짓을 했잖아. 주한미군사령관이랑 주한미국대사한테 폭격을 해놓고 뭐가 말이 안 된다는 건지 이해가 안가네."

"그건… 모르고…."

"몰랐다고 죄가 없어지면 세상이 너무 평화롭지. 나 부자 되겠네. 네가 저렇게 아이템을 단체로 가지고 와줘서."

헌터들은 지후가 자신들을 아이템으로 보고 있다는 사실에 너무나 놀라서 말이 나오지 않았다.

제발 움직여달라고 다리를 잡아끌려고 해봤지만 몸은 정직한지 움직일 생각을 안했다.

"넌 내 발을 더럽힐 가치도 없군."

지후가 자신을 안 죽인다고 생각했는지 최태호는 잠깐 살았다는 안심을 했지만 지후의 주변으로 생성되는 금빛 구체를 보며 무언가 잘못됐다는 생각이 들었다.

"넌 시체도 아까워."

순간 지후의 금빛 강기들이 최태호에게 폭사했고 최태호는 조각하나 남기지 않고 사라져 있었다.

지후가 헌터들을 상대하는 사이에 헬기를 타고 온 주한미군들이 강하를 하고 있었고 비행기에서 뛰어 내린 건지 상공에는 낙하산을 펼치고 내려오는 미군들이 보이고 있었다.

"지금 이 자리에 있는 새끼들… 내가 얼굴 다 봐났어. 도망갈 생각하지 마. 아 도망가도 돼. 미군이 다 막고 있대."

"자… 자네 이게 무슨 짓인가?"

"넌 뭐야!"

"난 수도방위…."

촤아악!

지후는 대화를 듣지 않고 손날로 목을 쳐 버렸다.

그리고 바닥에 굴러다니는 머리를 군인들에게 차버렸다.

"설마 나한테 지금 계급이 어쩌고 하려던 건 아니지?"

"지금 당신이 하는 건 반역…."

"웃기는군. 내가 반역? 가만히 있는 사람한테 로켓포를 날리는 새끼들이 반역? 미군사령관과 미국대사한테 로켓 포를 날린 게 나야? 너희 군인이야."

"하지만…."

"나를 죽이면 부귀영화를 누릴 수 있다고 생각했나? 웃기는군. 부귀영화는 말이야. 살아있어야 누릴 수 있는 거야. 너희는 과연 살아있을까? 그리고 그게 끝일까? 가족들은 너희가 죽으면 보상금이라도 받을까? 천만에! 이 자리에 있는 모두는 국가반역죄와 전 재산을 몰수당할 거야. 그리고 죽어있겠지. 내가 아이나 노인이라고 살려둘 것 같나? 커서 후환이 될지도 모르는 새끼들을? 부모의

119

복수심을 키우고 자란 아이들을? 너희가 잘 모르는 게 있는데 말이야. 내가 예전에 사람을 엄청 많이 죽였어. 애고 어른이고 가리지 않고 말이야. 그리고 전장에서 죄책감은 사치거든."

"죄송합니다…. 가족만은… 제발…."

순간 모든 헌터와 군인들이 무릎을 꿇고 지후에게 잘못했다고 소리를 치고 있었다.

"일반 병사들은 그냥 돌아가도 좋아. 너희들이야 까라면 까야지 무슨 힘이 있겠어. 돌아간다고 해서 영창이나 불이익은 없을 거야. 너희를 징계할만한 인간들 중에 살아서 숨 쉬는 새끼는 없을 거니까. 그래도 왜 이런 일이 벌어졌는지 알고 가는 건 좋겠지. 혹시 너희 중에 용기 있는 놈이 수뇌부 대가리에 총이라도 쏜다면 웰컴이고. 오늘 대한민국에는 큰일이 있었다. 바로 너희들의 가족을 인질로 잡고 엄청난 몬스터웨이브를 계획했지. 거기엔 길드들. 정치인들. 기업들. 군 수뇌부등. 사회지도층이 모두 껴 있었지. 그리고 난 그들이 계획했던 웨이브를 막았다. 그걸 막기 위해 헌터들과 군을 몰고 나에게 온 거지. 너희는 너희 가족을 인질로 잡은 저 머저리들을 위해 나에게 죽을 건가? 덤빈다면 고통스럽지 않게 죽여주지. 하지만 뇌가 있다면 생각을 하기를 빌지. 곧 기자회견이 나올 거야. 너희가 총을 겨눴어야 했을 대상이 누군지 잘 생각해봐."

지후는 바로 일반 병사들에게서 살기를 거둬들였다.

"아! 하사 이상은 발걸음 때지 말자."

"그리고 병사들한테도 기회를 줬는데 헌터들도 기회를 줘야지. 지금 이 자리에 있는 자신이 속한 길드의 길드장을 죽이는 길드는 살려줄게. 아무것도 모르고 마스터가 너희를 끌고 왔다는 건 말이 안 되거든. 적어도 길드장이라면 알고도 너희를 데려온 거야. 그러니까 너희가 죽던가 길드장을 죽여. 그리고 몸에 하고 있는 팬티 한 장까지도 다 벗어놓고 집으로 뛰어가. 만약 악세사리 하나라도 속옷 한 장이라도 걸치고 간다면 바로 죽여줄게. 나 원거리도 정확하다. 아 그리고 나 남녀차별 안 한다. 여자도 속옷까지 다 벗고 가기를 바란다. 물론 길드장 외에도 자신은 이 일을 알고 있었던 사람들은 양심껏 남아있길 바래. 내가 친절을 베풀어서 살려는 드릴게. 뭐 집에 가도 상관은 없는데. 지금 CIA에서 조사한 거 가지고 오고 있거든? 그런데 지금 안 나오고 나중에 나오면 일가친척 모두 죽여 버릴 거야. 못 믿겠으면 테스트해도 좋아."

지후는 말이 끝나자 헌터들에게 보내던 살기를 거둬서 헌터들이 서로를 죽고 죽일 수 있게 만들어 주었고 서로의 스킬이 난무하는 상황이 되었다.

헌터들은 그동안 동거 동락했던 길드장에게 칼을 겨누고 있었다.

아무것도 모르는 자신들을 사지로 내몰았다는 분노가 너무나 컸기 때문이다.

자신으로 인해서 집에 있는 가족들이 죽을 뻔 했다는 사실은 그동안 있었던 그 어떤 일들로도 용서가 안 됐기 때문이다.

그리고 어느새 헌터들은 알몸으로 변한 채로 자리를 이탈하고 있었고 바닥엔 아이템들이 돌아다니고 있었다.

'아이템 부자 되기 참 쉽네.'

"자 지금 정보가 들어왔어. 하사 이상 중령 이하는 모두 총을 꺼내서 대령 이상의 대가리에 겨누고 당기길 바래. 대령 급부턴 다들 알고 있다고 하네?"

"……."

"안 쏘고 뭐해? 쏘기 싫으면 안 쏴도 좋아. 대신 너희도 난 똑같은 놈들로 볼 거야. 물론 가족들도 파멸하겠지."

지후의 말이 끝나자 소령한명이 비명을 지르며 총을 쏘자 연속적으로 총소리가 울려퍼지고 있었다.

지금 주변의 상공에는 방송국 헬기와 미군의 헬기들이 힘찬 프로펠러소리를 내고 있었고 어느새 주변에 내렸던 방송국 사람들은 달려오고 있었다.

"CNN입니다. 이지후씨. 이게 무슨 일입니까? 저기 있는 분들은 저희 미국의…."

"저기 보이는 군인과 헌터들이 주한미군사령관과 주한미국대사, 그리고 저에게 로켓포를 사용해서 죽이려고 하더군요. 저기 뒤에 보이시죠? 제가 살던 집이 로켓포에 무너졌네요. 그리고 저기 보이는 탱크와 장갑차, 헌터들이…. 다 우리 세 사람을 죽이기 위해 왔다고 하네요…. 저희가 이 대한민국에 무슨 잘못을 했는지 모르겠습니다. 자신들의 이익에 방해가 된다며 죽으라는 군요. 그동안 저는 길드들에게 매일 항의를 받았습니다. 레이드를 하지 말라고. 나라고 목숨 걸고 레이드를 하고 싶겠습니까? 저들이 했다면 제가 했을까요? 저들이 레이드를 안 하면 그 피해는 누가 보죠? 그 피해를 입은 사람이 내 지인일수도 있는데… 난 지인의 슬픈 모습을 보고 싶지 않아서 레이드를 했을 뿐입니다. 뭐 그렇게 꺼져 달라는데 다른 나라로 꺼지던 가 그냥 집에 박혀서 내 지인들 다 불러놓고 안전만 챙기면서 살던 가 할게요. 저도 이제 지치네요."

전 국민들은 곳곳에서 울리는 사이렌 소리와 헬기소리에 잠을 깰 수밖에 없었다.

그리고 뉴스를 켜자 전쟁이 나기 직전이라는 사실을 알게 되었다.

대체 이렇게 우리나라가 미국과 전쟁을 치르게 된거냐며 이게 무슨 난리냐며 엄청난 소란이 일었지만 뉴스를 본 시민들은 말을 이을 수가 없었다.

주한미군사령관과 주한미국대사에게 로켓포를 날렸다는 뉴스는 모두를 충격으로 몰아 넣고 있었다.

미국 대통령의 기자회견이 전 세계를 향해 방송 중이었고 전 세계는 공명던전의 존재로 인해 충격에 빠졌지만 엄청난 짓을 저지른 대한민국으로 인해서 오히려 세계는 안정을 찾았고 대한민국을 욕하기에 바빴다.

그리고 미국대통령은 대한민국과 관련된 모든 것과의 단절을 선언했고 다른 국가들도 빠르게 그에 동참했다.

다만 기회도 줬다. 단 한명도 빠짐없는 체벌과 이지후라는 영웅의 안전. 이지후가 안전하지 않다면 대한민국을 테러국가로 선포함과 동시에 불바다로 만들겠다는 폭탄발언의 파장은 엄청났다.

공명던전이라는 위험한 던전으로 장난을 쳤고 세계의 모든 정상들이 비밀로 했던 일이었기에 대한민국은 그 분노를 피할 방법이 없었다.

또한 공명던전을 피해 대한민국을 떠나 있던 정치인들과 기업가들 그리고 그들의 가족들까지 모두 추방당해 한국으로 돌아오고 있었다.

전 세계는 대한민국에 분노했지만 이지후에게는 열광했다. 솔로 레이드 때와는 차원이 달랐다. 이지후에게서 진짜 헌터의 모습을 봤다며 쓰러져도 계속 일어나서 끝까지 싸우던 모습은 모든 헌터와 사람들에게 귀감이 되었다는 반응이었다. 그리고 지후의 유언은 많은 헌터와 일반인들에게 엄청난 파장을 만들어냈다. 자신의 목숨을 던져 다른 사람을 지키려는 지후의 모습은 그동안 사람들의 가슴속에 잊고 있었던 희생정신을 일깨웠고 지후를 핍박한 대한민국에 대한 분노는 날이 갈수록 커져만 갔다.

그리고 각 국가의 정상들은 더욱 지후와의 친분을 다지기 위한 시도를 할 수 밖에 없었다.

공명던전을 단신으로 막는 헌터와 척을 진다는 것 자체가 국가안보를 위협하는 일이었기 때문이다.

다들 미국처럼 자국에 데려올 수가 없다면 친구라도 되어야 한다며 성명을 내보내기에 바빴다.

[오마바 미국 대통령- 나의 친구는 영웅이다. 만약 그에게 무슨 일이 생긴다면 미국은 참지 않을 것. 주한미군사령관과 주한미국대사의 목숨을 구해준 것도 부상을 입고 있던 이지후다. 그렇기에 이지후의 안전이 보장되지 않는다면 대한민국을 폭격할 것이다. 지금 2개의 항모를 대한민국으로 더 보내고 있다.]

[부틴 러시아 대통령- 대한민국은 쓰레기 국가다. 하지만 이지후는 달랐다. 그는 전 세계의 희망이자 영웅이다. 우리 러시아는 공명던전을 막기 위해 핵을 2발이나 자국에 터뜨리는 수모를 겪었었다. 그런 던전을 단신으로 막아낸 게 이지후다. 그런 영웅을 죽이려 한 대한민국이라는 나라를 이해할 수 없다. 만약 이지후에게 누군가 핍박을 하려 한다면 우리 러시아는 군을 움직일 것이다.]

[영국 여왕– 이지후는 모두에게 귀감이 되는 남자다. 그는 다른 사람을 위해 자신을 희생할 줄 아는 영웅이다. 언제고 영국에 들린다면 그에게 작위를 수여하겠다. 혹시라도 그가 영국에서 살 계획이 있다면 우리 영국은 그에게 기꺼이 성을 내어줄 생각이 있다.]

[중국 국가주석– 소국이 품기에 너무나 대단한 영웅이다. 우리 중국이 엄청난 희생을 각오하고 막았던 던전이 공명던전이다. 그걸 혼자서 막았다는 사실이 믿기지 않지만 영상에 어떠한 조작도 없었다는 것이 밝혀졌다. 그가 중국으로 온다면 우리 중국은 언제든 그를 품을 준비가 되어있다. 아무도 알아주지 않는 약소국에서는 더 이상 그의 미래가 없다. 그에게 큰 뜻이 있다면 우리 중국으로 오는 것이 맞다.]

[일본 총리– 그와 좋은 관계는 아니지만 대한민국은 어리석었다. 핵보다 무서운 사내를 건드리다니. 예전부터 어리석은 민족이었지만 이번일은 정말 어리석었다.]

그 밖에도 전 세계의 모든 나라들이 대한민국과 이지후에 대해서 기자회견을 통해 입을 열었고 다른 나라의 정보팀에서 알고 있었던 대한민국 정치인들과 기업들의 비리가 언론을 통해 밝혀지고 있었다.

또한 외국에 위치한 대한민국 기업들은 거의 풍비박산이 나고 있었다. 테러를 당하기도 하면서 출근조차 쉽지 않았기 때문이다. 그리고 대한민국의 주가는 바닥을 치고 있었는데 외국인 투자자들이 거의 제로에 가깝도록 **빠져나가고** 있었기 때문이다.

지후는 한참 난리가 났을 때 차마 본가로 들어가지는 못하고 미라클 길드의 사옥에 있는 자신의 방에서 잠을 잔 후에 국회를 향해서 가고 있었다.

"진짜 이게 뭐냐…. 우리 마누라가 나한테 돈 안 벌어 와도 좋으니까 이런 회사 때려 치라더라. 어디 가서 이런 회사 다닌다고 말하기 창피하다고… 예전에는 일성그룹에서 일한다고 좋다더니…."

"나도 오늘 출근할 때 한 소리 들었다…. 그런데 따지고 보면 우리 목숨도 파리 목숨이었다는 거지. 그 던전을 이지후가 안 막았으면 우리 중에도 아니면 가족들 중에도 누군가 죽었을 수도 있다는 생각을 하니까 진짜 출근하기 싫더라."

"야… 난 오늘 출근하다가 계란 맞았다. 너희는 일찍 와서 괜찮은지 몰라도 난 날아오는 물건들 피하느라 죽는 줄 알았다."

지금 공명던전을 가시고 대국민 사기극을 계획한 명단에 들어간 회사들은 거의 무너지기 직전이었다.

직원들의 사기는 땅으로 떨어졌고 화가 난 국민들이 아침부터 거리로 몰려나왔기 때문이다.

국회의사당과 청와대 그리고 기업가들의 기업과 집들은 테러의 대상이었고 경찰들조차 출동을 꺼리고 있었다.

한편 국회에서는 폭언과 고성이 난무하고 있었다.

"이게 무슨 일이야! 대체 일을 어떻게 처리했기에 일이 이 지경 까지 와!"

"대체 어떻게 수습할 거야!"

"지금 방법이 없습니다."

"방법이 없다니! 그게 무슨 개소리야! 그럼 이렇게 그냥 옷을 벗자는 거야?!"

쾅!

지후는 수많은 카메라들을 대동한 채 모여 있는 국회의원들을 향해 걸어가고 있었다.

"여기는 너 같은 게 함부로 들어올 수 있는 곳이 아니야! 당장 나가지 못해?"

"나 같은 게? 난 미국과 전쟁을 할지 말지 그 결정권을 가진 사람인데?"

지후의 한 마디에 국회의원들은 말을 멈출 수밖에 없었다.

회유만 가능하다면 자신의 정치적 업적이 될 수 있다는 생각이 머리를 강타했기 때문이다.

하지만 그 생각은 얼마 가지 않았다.

"알았어. 나가라니까 나갈게. 수고해. 그럼 앞으로 벌어질 지옥 속에서 헤엄쳐봐."

지후는 마지막으로 딱 한마디를 남기더니 부서진 문을 향해 걸어 나갔다.

지후는 태연하게 나와서 친구와 통화를 하고 있었다.

다음 계획에 착수하라고.

지후는 길드로 돌아가서 자신이 챙겨온 아이템들을 꺼내서 길드원들과 정리를 하고 있었다.

경매에서 최태호가 몇 천억을 쓰면서 사갔던 물건도 보였고 대한민국에 있던 웬만한 A급 아이템들은 모두 지후가 가지고 있는 상황이 되었다.

어제 너무나 많은 헌터가 지후에게 아이템을 놓고 갔었기 때문이다.

"형. 이것들 대충 길드원들한테 필요한 거 있으면 사가라고 하고. 나머진 아빠한테 보내줘."

"정말 길드원들한테 팔아도 돼?"

"걔네도 어제 우리 부모님 댁 지킨다고 고생했잖아. 뭐 일은 없었지만 영문도 모른 채 밤새 있었는데 선물이라도 하나씩 줘야지."

"선물이 너무 큰 거 아니야?"

"괜찮아. 공짜는 아니니까. 어차피 돈은 따로 뜯을 곳이 있어. 배풀 땐 배풀어야지."

"맞다. 어제 네가 잡은 보스몬스터한테 나온 아이템 감정 나왔는데 보여줄게."

[오우거의 갑주 세트.]

스킬 - 분노. (방어력 20% 하락. 민첩 20% 하락. 힘 100% 상승. 3분간 사용가능. 1일 2회 사용가능.)

옵션 – 힘 50% 상승. 방어력 50% 상승.

[오우거의 힘의 망치.]

스킬 – 강타. (공격력 300% 의 일격을 날림.)

옵션 – 공격력 50% 상승. 힘 +50.

"쓸 만하네."

"이게 쓸 만한정도냐? 근접딜러가 이거 입고 딜링하면 장난 아닐 텐데. 거의 녹일 걸?"

"뭐 이것도 알아서 해. 난 딱히 아이템 욕심은 없으니까."

"그런데 오늘따라 누나는 참 조용하다?"

"응?"

"원래대로라면 나한테 뭐 달라고 조르던가 그래야 하는 거 아니야?"

"지현이가… 어제 네가 했던 레이드랑… 유언을 보고 좀 놀라서… 동생은 목숨을 걸고 싸우고 있었는데 자기는 그동안 조르기만 했다고 울더라고…"

누나가…? 뭔가 더 큰걸 노리는 건가?

"지후야…. 앞으로는 도망쳐. 너 어제 죽을 뻔 했잖아…."

"누나가 내 걱정해주니까…. 뭔가 굉장히 불편한 거 알지?"

"그래도…. 어제 엄마 아빠랑 지수도 한참 울었어. 쌍둥이야 모르지만…"

다 연기였다고 할 수도 없고….

"그럼 내가 부탁하나만 할게. 들어줄 거지?"

"네 부탁이라면 당연히 들어줘야지. 네가 그동안 나한테 해준 게 있는데. 부탁이 뭔데?"

"나 한동안 길드에 있는 사무실에서 살 거야. 뭐 그렇다고 일을 한다는 건 아니니까. 집에는 일이 바쁘다고 알아서 말해줘. 괜히 여기서 놀고 있다느니 말을 한다면…. 아마 후회할 거야."

안 그래도 사무실에서 게임만 하고 있으면 분명히 누나가 엄마한테 이를 텐데 지금 이 분위기를 놓쳐선 안 된다.

"여기서…? 그런데 집이 편하지 않아?"

"집에서 내가 쉬고 있으면 엄마가 밥하라고 할 걸?"

"……"

"그런데 누나랑 매형은 신혼집은 구했어?"

"아직…. 그래서 결혼을 조금 미룰까 생각….."

"내 집 가져."

"네 집?"

"응. 어제 박살 난 곳. 누나랑 매형 취향대로 집 지어서 살라고. 집 지을 돈 정도는 있을 거 아냐?"

"아니야…. 괜찮아… 그 정도로 염치가 없지는….."

"없을 걸? 지금 눈빛이 굉장히 '감사합니다' 라는 눈빛인데? 난 누가 건드린 곳에서 살 생각 없거든. 제값 받고 팔려면 뭐라도 지어놔야 할 텐데 그럴 정도로 시간이 남아도는 것도 아니고. 누나랑 매형이 거기에 집짓고 살아."

"진짜?"

"응. 나 두 번 말하는 거 싫어하는 거 알지? 한 번만 더 물어보면 없었던 일로 하고."

"진짜 고마워!"

지현은 지후에게 안기려 했지만 지후는 지현의 이마를 손으로 막은 뒤 밀쳐냈다.

"말로만 해. 그리고 나 다음 주에 미국 가는 거 알지? 그거 우리가족이랑 길드원들도 같이 가자. 친구가 호텔 통째로 빌려났다고 하네."

"친구라니? 네가 미국에 그런 친구가 있었어?"

"응. 아무튼 인원제한은 없어. 비행기도 거기서 다 준비해 줄 거니까 출발 3일전까지만 미국 대사관에 말해. 걔네가 다 처리해 줄 거야. 길드원들도 가족들 데려가도 된다고 말해주고."

"진짜?"

"내가 언제 거짓말 하는 거 봤어? 좀 두 번 물어보지 좀 말고 한 번에 알아듣자."

"그런데 우리 길드원에 가족까지 하면 숫자가 장난 아닌데?"

"그냥 미국 대사관에 말해. 다 알아서 해줄 거야."

"알았어."

이틀이 더 흐르고 대한민국엔 엄청난 일이 일어나고 있었다.

이 일에 관련이 있던 국회의원들이 하나 둘 숨을 거두고 있었기 때문이다.

대부분 사인은 심장마비였고 아무리 검사를 해도 나오는 것이 없었다.

미국에서 개발한 무색무취의 독은 인체에선 어떠한 이상도 발견할 수 없는 새로운 독이었기 때문이다.

지후가 있는 길드 사무실로 아직 살아있는 국회의원들과 대통령이 방문하고 있었다.

"안녕하십니까. 지후님. 또 뵙습니다."

"그러게요. 다시는 안 볼 줄 알았는데."

"하하하. 그렇게 말씀하시면 섭섭합니다."

"실없는 소리는 그만 하시고 왜 오셨죠?"

"지후님 덕분에 제가 어느 정도 세력을 찾게 돼서…."

"이상하네요… 아직 뭐 안 드셔서 그런가? 왜 살아있으신지 모르겠네."

"네?"

"그냥 그렇다고요. 그리고 살고 싶은 사람들은 빨리 옷 벗는 걸 추천해 드릴게요."

"무슨 말씀이신지…?"

"진짜 무능한 거야 멍청한 거야? 그냥 옷 벗고 전 재산 내놓고 닥치고 살라고. 내가 지금 물갈이 하고 있잖아. 그런데 무능한 너 같은 새끼들한테 숟가락 얹게 해줄 거 같아?"

"지금 저희마저 없다면 대한민국은 무너집니다."

"안 무너져. 해보지도 않고 징징대지마. 너희 없어도 잘 돌아갈 거야. 너희가 그동안 뭐 대단한 일들을 했다고."

"하지만 기업들은…."

"기업은 내 말 한마디면 외국인 투자자들이 몰려와. 그리고 지금 헐값일 때 내가 통장 좀 열어도 되고. 문제는 너희 같은 새끼들이 아직 내 눈앞에 얼쩡거리고 있다는 사실이야. 당장 이 방에서 나가서 기자회견하고 자리를 내어 놓는 게 좋을 거야. 안 그러면 미리 간 친구들을 만날 거야. 물론 나랑 관련은 없는 얘긴데…. 외국들이 서로 나한테 잘 보이겠다고 너희들 죽이는 게 유행이래. 그래서 숨겨둔 재산까지 탈탈 털어놓고 옷 벗는 사람들은 내가 살려달라고 했어. 그러니까 빨리 꺼져."

나도 너희까지 쳐낼 생각은 없어. 너희는 직접적인 가담자들은 아니니까. 대신 무능한 인간들이지.

너희를 쳐내면 지금도 전설대전을 할 시간이 없는데 이 생활이 앞으로도 계속 이어지겠지.

"아 잠깐만. 마지막으로 내가 기회를 한 번 줄게. 대신

이번엔 깨끗하게 해보자. 기업들 재산 반은 국고로 반은 나한테 가져와. 그리고 너희가 아직 살아있는 걸 보면 직접적인 가담은 안 했다는 소리니까… 기회를 한 번 줄게. 대통령도 옷 벗지 말고 그냥 해. 대신 그냥 지금처럼 허수아비로 살아. 뭘 하려고 노력하지 마."

"그게… 무슨 말씀이신지…?"

"너네 살려준다고. 대신 앞으로는 어떠한 비리도 용납하지 않아. 언제든 죽을 수도 있다는 사실을 알아 두라고. 이번에 세상 떠난 사람들이나 기업인들이나 죄를 물을 수 있는 건 모두 물어. 설마 걔네가 무섭다고는 하지 않겠지? 그리고 숨겨둔 은닉재산까지 모두 털어. 그 돈이면 무너져 가는 기업들도 취업난도 오히려 해결될걸? 맨날 예산 없다고 하지 말고. 몇 년은 세금을 걷지 않아도 나라가 돌아갈 정도로 숨겨놨던데. 혹시라도 그 돈으로 장난질 치는 새끼들은 모두 모가지 따버려. 내가 직접 손을 쓰는 날은 너희도 목이 잘리는 날이니까 내가 움직이는 날이 없도록 잘 하라고. 알아들었으면 나가."

지후의 이 말은 관련자들에게 퍼져 나갔고 지후의 재산은 상상할 수 없을 정도로 늘어나고 있었다.

지후는 대한민국 상류층들의 재산을 살려준다는 이유만으로 강탈했다.

사실 말이 안 되는 일이지만 그 일은 일어났다.

지후가 모든 헌터들과 군인이 있는 앞에서도 아무렇지

않게 사람을 죽였다는 사실을 관련자들은 알고 있었고 이 일에 미국마저 끼어 있었기 때문이다.

압도적인 힘 앞에서는 그 어떤 권력도 재력도 통하지 않았다.

대한민국은 한바탕 태풍이 불었지만 오히려 국민들은 이 기회에 더러운 정치인들과 기업가들이 뿌리 뽑혔다며 좋아하고 있었다.

회사원들의 불안도 오래가지 않았다.

기업들은 회수된 비자금과 지후의 돈으로 인해서 빠르게 안정을 찾아갔다.

오히려 무능력한 간부들과 재벌 2, 3세들이 회사에서 사라지니 능률은 오르고 있었다.

미국은 대한민국과의 전쟁은 없을 것이라고 방송을 했고 항공모함을 다시 돌려보냈기 때문에 국민들도 안정을 찾았다.

헌터들의 혼란도 오래가지 않았다.

지후를 욕할 만큼 간이 큰 헌터도 없었지만 지후가 목숨을 걸고 막아 낸 던전이 어떤 던전인지 제대로 알았기 때문에 지후를 욕하는 건 스스로가 쓰레기라는 사실을 인증하는 것이었고 어느 국가에서도 살기 힘들어 지는 일이었기 때문이다.

만약 지후가 아니었다면 자신의 가족들이 죽었을 수도 있고 웨이브를 막다가 자신들이 죽었을 지도 모른다고

생각하자 오히려 감사함을 느끼는 이들이 더 많았기 때
문이다.

◇

지금 지후는 인천공항에서 미국대통령의 전용기에 오르
고 있었다.

지후가 타는 전용기에는 협회의 삼마와 미라클 길드의
간부급들과 지후의 가족만이 타고 있었다.

덤으로 지수의 에스걸스의 팀원과 스탭들도 전용기에 타
고 있었지만 지후가 있는 좌석과는 층부터가 달랐기에 마
주칠 일은 없었다.

"삼마 왔어?"

"네? 삼마라뇨?"

"그게 무슨?"

"너네 협회 직원이 그러던데? 사람들이 너네 셋이 있는
걸 보고 삼마라고 부른다고. 혹시 몰랐어?"

"삼마가 무슨 뜻 인대요?"

"삼대 마귀였나? 삼대 마녀였나? 뭐 아무튼 그렇다던
데?"

전아영 협회장은 어금니를 꽉 깨물며 박과장을 떠올리고
있었다.

지난번에 지후와 술을 마시고 결근을 한 날이 있었는데

분명히 그날 이런 말들을 했을 거라는 생각이 머릿속을 스쳐지나갔다.

"오해입니다…."

"오해는 무슨. 원래 소문은 당사자만 모르는 거야. 그런데 이번에 너네도 가는 거였어?"

"저도 엄연한 S급 헌터랍니다. 이번에 있을 S급 헌터 모임에 참석해야 되니까요. 그리고 지후씨가 너무 큰일을 벌여서 수습이 쉽지 않아서…."

너도 그냥 직원들 시키고 도망가는 거구만. 포장은.

"그래. 그런데 너네 셋이서 아주 재미있는 일을 했더라?"

"그게 무슨…?"

지후가 갑자기 자리에서 벌떡 일어나 가족들이 모여 있는 곳으로 가더니 어머니를 데리고 오고 있었다.

"엄마! 이쪽으로 좀 와봐."

"왜 지후야?"

"저기 보이는 애들 있지?"

"아… 안녕하세요. 어머니. 저는 대한민국 헌터협회의 협회장인 전아영이라고 합니다."

"안녕하세요. 저는 지후의 어미 되는 사람입니다."

"엄마. 인사는 그만하고 애네가 내 혼삿길 막는 스캔들 올리는 애들이야. 엄마가 빨리 결혼하래서 내가 시간 날 때마다 엄마 며느릿감을 찾고 있었는데 저기 있는 세 여자가 자꾸 스캔들 유포시켜서 요즘은 여자도 못 만나. 만나기만 하면 스캔들이니 결혼설을 언론에 올려서…. 아무래도 엄마 아들은 혼자 늙어죽을 팔자인가 봐."

어떻게 알았지? 설마…. 박과장…. 이런 것까지 말 한 거야? 어떡하지….

"그게 사실인가요…?"

"죄송합니다…."

지후가 이런 식으로 나올 거라는 생각을 해본 적이 없었던 세 여자는 고개를 숙이고 꿀먹은 벙어리가 되어있었다.

"대체 왜 그러신 거죠?"

"죄송합니다…."

"저는 혼을 내려는 게 아니에요. 왜 그랬는지가 궁금할 뿐이에요. 혹시 우리 지후에게 마음이 있나요?"

응? 엄마 무슨 소리야?

"흑흑… 네…. 그런데 지후씨가 여자관계가 너무 복잡하고 저를 만나주려고 하지 않아서… 흑…."

아영의 눈에선 누가 봐도 연기로 보이는 눈물이 흐르고 있었다.

아영이 지후의 어머니의 마음을 순간적으로 읽었기에 가능했던 연기였다.

"지후 때문에… 마음고생이 심했나 보네요…. 하긴 지후 같은 애한테는 아가씨처럼 확실하게 교통정리를 할 수 있는 사람이 필요할 지도 모르겠네요. 하지만 앞으로 스캔들은 그만 둬줘요. 지금 스캔들이 아니더라도 충분히 기사가 많이 나오고 있으니까요."

"네 죄송했습니다. 어머님."

"우리 저쪽으로 가서 차라도 한 잔 하면서 얘기 좀 할까?"

"네. 어머님."

어머님은 무슨…!

"엄마! 이게 무슨…!"

"넌 철 좀 들어… 언제까지 발정난 개처럼 이 여자 저 여자 기웃거릴 거야? 겪어봐야 알겠지만 이만하면 며느릿감으로도 손색이 없어 보이는데."

"나 아직 결혼할 나이도 아니거든!"

"너처럼 사고 많이 치고 다니는 사람은 가정의 안정이 필요해."

"내가 무슨 사고를 …."

조금 치긴 했지….

"아영이라고 했지? 우리는 저쪽으로 가서 오붓하게 얘기 좀 할까?"

"네."

젠장. 빌어먹을. 젠장. 젠장. 젠장.

그냥 좌표 불러 달라고 해서 워프로 갈걸 뭐 하러 비행기를 타가지고.

지후가 짜증을 내며 좌석에 다시 앉았을 때 박소영 비서가 지후의 곁으로 다가왔다.

"팀장님. 드릴 말씀이 있습니다."

"넌 또 뭐야?"

"전 언제쯤 던전에…."

"야. 너 얼마나 됐다고 던전 타령이야. 박 비서님! 저 지금 짜증난 거 안 보여요? 제발 눈치 좀…. 던전에서도 눈치가 얼마나 중요한데 아직 멀었네."

"네? 팀장님 무슨…?"

"던전에서도 눈치껏 공격하고 빠져야할 타이밍이라는 게 있는데 지금 어떤 타이밍 같았어? 과연 네가 나한테 던전을 언제 가야할지 물어볼 타이밍인가? 다시 깁스 하고 싶어?! 내가 참을성 기르라고 했지? 지금 이게 그 대답이야?"

"죄송합니다…."

"그리고 너 저번부터 내가 말투 고치라고 했어? 안 했어?"

너만 보면 마누라 생각나는데…. 그 얼굴로 제발 좀 따뜻하게 말해라…. 너만 보면 마누라랑 딸이 생각나는데….

"너 내가 기다리는 것도 수련이라고 했어? 안했어? 이번에 미국 다녀오면 너 다음 수련코스로 넘어가려고 했는데 안 되겠네."

"다음 수련 말씀이십니까?"

"응. 그런데 생각이 바뀌었어."

"죄송합니다. 제가 앞으로 더 잘하도록 하겠습니다."

"네가 말투를 바꾸는 날이 오면 다음 수련으로 넘어간다. 오빠라고 부르는 날. 다음 수련을 알려줄게."

"오… 오빠 말씀이십니까? 그게 수련과 무슨 상관이 있습니까?"

"그 딱딱함부터 뜯어 고쳐야 유연해지고 하는 거야."

"그게 제 수련과 무슨 연관이…."

"토 달지 마. 싫으면 나한테 안 배우면 돼. 연기라도 좋으니까 말투부터 고쳐. 하다보면 자연스럽게 될 거야. 넌 그 딱딱한 사고방식부터 고치지 않으면 다른 걸 포용할 수 없어."

그냥 내가 너한테 오빠소리가 듣고 싶어.

그런데 정말 닮아도 너무 닮았네….

쟤랑 있을 때마다 마누라랑 딸이 생각나니…. 하….

잠깐…?

설마… 혹시 쟤랑 애를 낳으면…. 내 딸이었던 지연이랑 같은 모습일까?

순간 지후의 머릿속은 복잡해지고 있었다.

박 비서랑 마누라랑 똑같이 생겼으니까 가능하지 않을까 하는 생각이 들었기 때문이다.

너무나 보고 싶었고 그리웠던 딸의 모습을 볼 수 있을지도 모른다는 생각은 지후를 복잡하게 만들고 있었다.

무림에선 부인과 딸을 지켜주지 못 했었다.

그랬기에 더욱 박 비서가 던전에 못 가도록 막고 있는 지후였다.

부인과 같은 모습을 하고 있는 박 비서가 죽거나 다치는 모습은 생각만으로도 너무나 불편했기 때문이다.

'내가 서울로 돌아가면 너한테 아주 특별한 수련을 시켜줄게. 하하하.'

12. 미국행

12. 미국행

　비행기에서 내린 지후와 일행들은 마중을 나온 오마바대
통령과 미국인들의 열렬한 환영을 받으며 공항을 빠져나가
자신들이 묵을 호텔로 향했다.

　어떻게 된 건지 전아영 협회장은 지후의 어머니의 팔짱
을 끼고 가족들과 함께 오고 있었다.

　지후는 그 모습을 보며 두통을 느끼고 있었다.

　미국에서 준비한 호텔은 모든 인원이 충분히 숙박할 수
있을 만큼 컸다.

　가족들과 미라클 길드원들은 자유여행과 미국에서 준비
한 관광코스를 선택해서 즐길 수 있었지만 협회장과 채아영
이사, 박민아비서는 짐을 풀고 바로 미국의 협회로 향했고

지후는 자신의 방에 와서 술잔을 들이밀고 있는 오마바 대통령으로 인해서 쉴 수가 없었다.

"친구. 정말 보고 싶었네."

"하~ 남자가 이렇게 나를 보고 싶어 하는 건 그렇게 좋은 상황 같지는 않은데 말이야."

"하하하. 자네의 솔로잉에서 내가 1위를 못 했던 게 정말 한이었네."

"그러게 아끼다 똥 된다고 쓸 때는 확실하게 쓰라고."

"아끼다 똥 된다는 말이 무슨 뜻인가? 통역반지로는 제대로 된 의미를 모르겠군."

"그냥 돈 있으면 아끼지 말고 쓰라고. 아끼다가 2등도 못했으면 나랑 친구도 못 됐을 테니까."

"그렇군. 앞으로는 아끼지 않도록 하지. 안 그래도 그 일로 지지율이 바닥까지 떨어지는 바람에 고생 좀 했었네. 그런데 자네는 혹시 대한민국의 왕이 될 생각인가?"

"뭔 소리야?"

"전에 미국 국적을 준다고 했을때 거절하지 않았나? 그리고 이제 대한민국은 모두 자네의 손에 들어오지 않았나?"

"가족들은 미국보단 한국이 편하니까. 그래서 미국에 안 오는 것뿐이고. 대한민국이야 그냥 나를 물려는 미친개들이 많아서 치운 것뿐이야. 그리고 그런 귀찮은 짓을 왜 해? 대통령이든 왕이든 그런 걸 할 생각은 없어. 난 편하게 살고 싶을 뿐이라고. 그런건 하고싶은 놈들이 하라 그래. 나야 뭐 그냥 맘에 안 드는 짓을 할 때만 한 마디씩 툭툭 하면 되지. 그리고 만약 내가 미국으로 이민을 왔다면? 정말로 너에게 나 미국에 좋은 일이었을까?"

'정말로… 이 자는 귀찮은 일이 없도록 했던 것뿐인가? 도무지 판단이 안 서는군. 자신이 마음껏 주무를 수 있는데 아무것도 하기 싫다니… 단지 미친개를 치운 것뿐이라고? 그런 이유로 그런 엄청난 일을…? 절대로 이 남자를 귀찮게 하는 일이 미국에 있어서는 안 되겠군…. 그리고 그가 이민을 왔다면…. 나도 마음에 안 들면 치웠다는 뜻이겠군…. 그와 친구가 된 지금이 가장 베스트다. 더 뭘 하려고 해서도 안되겠군.'

두 사람은 주거니 받거니 대화를 하면서 술잔을 기울이고 있었다.

지후는 와이즈 왕자와 먹었을 때처럼 편한 느낌은 아니었다.

와이즈는 자신에게 원하는 게 없어 보였고 자신을 딱히 어려워하거나 긴장을 하지 않았었기 때문이다.

반면 오마바 대통령은 지후에게 극도로 긴장을 하고 있었다. 모든 행동은 조심스러웠고 지후를 어려워 하고 있었기 때문이다.

"혹시 실례가 안 된다면 궁금한 걸 하나 물어봐도 되겠나?"

"뭔데?"

"자네는 혹시 일반 헌터들과 궤를 달리하고 있나?"

뭐지? 혹시 나에 대해 뭐라도 알아낸 건가? 아무리 미국이라도 내가 무공을 사용한다는 걸 알 수가 없을 텐데.

"무슨 말인지 모르겠는데?"

"사실 자네가 처음에 나타났을 때 초인프로젝트 같은 걸 떠올렸다네. 자네는 기존에 있던 어떤 S급 헌터와도 다르고 강하더군. 사실 재앙이 일어나고 헌터가 생기기 전까지는 전 세계적으로 그런 프로젝트가 있었다네. 우리 미국은 그 중에서도 단연 선두였지. 하지만 헌터가 나타난 뒤로 예산낭비라며 다들 접었지."

"뭐 나는 의학적이거나 그렇게 강해진 건 아니야. 그렇지만 헌터와 같은 방식으로 강해진 것도 아니지."

"그럼 어떻게 해서 그렇게 강해진 거지? 물론 실례라면 말해주지 않아도 괜찮네."

뭐 비밀은 아니니까…. 이 녀석들을 이용해서 적당히 퍼뜨리면 오히려 편해지려나?

"혹시 너도 무협지나 판타지 소설 같은 것 본 적 있어?"

"몇 번 본적이 있다네. 예전엔 영화로도 많이 나왔으니까."

"그거야. 난 아주 먼 옛날부터 전해 내려오던 무공을 사용하거든."

"무공이라…. 솔직히 이해가 잘 안되는군."

"예전 무협영화를 찾아봐. 그럼 이해가 편할 거야. 난 그런 무공의 전승자거든. 그렇기에 수련을 통해서 강해졌지."

"그렇다는 건 수련을 하면 다른 헌터들도 강해질 수 있다는 건가?"

"그럴 수야 있겠지. 다만 그걸 가르쳐 줄 스승이 없지. 그리고 예전부터 무인들은 자신들의 기술을 전수하는 걸 싫어했다고. 그러다 보니 시대가 변하면서 무인이 사라진 것이지."

내가 본 중국의 역사서에는 분명히 무인들이 있었다.

그리고 중국의 헌터나 길드들은 무인을 흉내 내는 인간들이 엄청 많지.

"혹시…."

"거절하지. 내가 그런 귀찮은 일을 할 인간이 아니라는 걸 파악했을 텐데? 돈은 나도 많아. 누군가를 가르칠 생각은 없어. 그리고 이게 운동이랑 비슷한데 운동이랑은 달라. 운동처럼 꾸준히 한다고 효과를 볼 수 있는 게 아니야. 어느 정도 성취를 보려면 몇 년으로 끝날 일이 아니야."

물론 헌터들이야 마력이 있으니까 틀만 잡아줘도 어느 정도 강해지겠지만… 그 틀을 잡는 게 엄청 귀찮거든. 이미 몸에 벤 헌터로서의 습관이 있으니까.

"하지만 자네는 아직 젊지…."

"말 끊어서 미안한데. 세상엔 천재가 있지. 그리고 그 천재들 중에서도 천재가 있고. 나는 그런 케이스지. 이건 웬만하면 비밀로 하는 게 좋을 거야. 혹시라도 막 퍼져나가서 나한테 배우러 온다거나 하는 귀찮은 일이 벌어진다면 너와의 관계부터 생각해 봐야 할 것 같으니까. 내가 입을 가볍게 놀리는 사람은 굉장히 싫어하거든."

"걱정 말게. 소문을 낼 일은 없을 걸세. 그런데 혹시 와이즈 왕자와 만났을 때 이상한 점은 없었나?"

"형이랑 만났을 때?"

"허허… 정말 형 동생이 된 건가? 부럽군…. 하지만 친구로서 혹시나 해서 하는 말이니 오해는 말게나. 재앙이 일어나고 마정석이 나타나고 모두가 중동이 몰락할 거라고 생각했지. 그런데 예상과는 정반대의 현상이 일어났지. 와이즈 왕자를 중심으로 중동은 오히려 재앙 전보다 더 큰 세력을 형성했지."

"그게 나랑 무슨 상관이지? 아무리 너라도 내 앞에서 형을 욕하면 불편해 지는데."

"와이즈 왕자를 욕할 생각은 없네. 다만 이상한 점이 있으니 조심하라는 거지."

"형을 조심하라니… 그 말 자체가 불편한데… 우선마저 얘기해봐."

"지금 중동은 와이즈 왕자를 중심으로 움직이고 있네. 하다못해 사우디 왕 조차 와이즈 왕자의 눈치를 본다더군.

사실 와이즈 왕자가 그 정도로 영향력이 있는 인물이 아니었네. 하지만 재앙이 일어난 후에는 모든 자금과 세력들이 와이즈 왕자의 중심으로 흘러갔지. 그리고 지금은 오히려 러시아나 중국보다 더 위협이 되고 있지."

"그냥 너랑 껄끄러운 것뿐이네. 와이즈 형 때문에 미국이 불편하다 이거 아니야?"

"아니네. 와이즈 왕자의 세력과 자금력이 대단한 건 사실이지만 그가 우리 미국의 적도 아니고 미국을 불편하게 하지는 않네. 다만 갑작스러운 상승세가 이상한 것뿐이네. 전혀 예상할 수도 없었던 재앙이었고 마정석의 등장이었네. 그들이 과학에도 투자를 아끼지는 않았지만 중동국가들의 과학수준이 여러 선진국에 못 미친 건 어쩔 수 없는 사실이지. 그런데 재앙이후 단숨에 마정석과 관련된 특허들을 내어 놓더군. 그리고 엄청난 속도로 시장을 먹고 중동은 그를 중심으로 뭉쳤지."

"그거야 안목이 뛰어나다면…."

"안목이 뛰어나다고 기술이 튀어나오는 것이 아니지. 그 기술의 출처들을 아무리 알려고 해도 도저히 알 수가 없더군. 그가 안목이 뛰어나서 기술자를 영입했다면 지금쯤 그 기술지기 누군지 알려져야 했지. 아무리 꽁꽁 숨긴다고 해도 아무것도 안 나온다는 것은 좀 말이 안 되거든. 미국의 과학자들이 말하더군. 이건 적어도 4세대 이상 앞선 기술들이라고. 전혀 알려지지 않은 개념이라고. 이런 것들을 만들

정도면 세상에 알려지지 않은 과학자가 아닐 수가 없다더군. 그리고 그들이 내 놓은 물건들은 마치 그냥 완성품을 찍어내기만 한 것 같다더군. 미국도 사실 발표하지는 않았지만 2세대 정도는 앞선 기술들을 보유하고 있었지. 하지만 와이즈 왕자가 내어 놓은 것들은 그것보다도 훨씬 앞서있다더군."

"그럼 뭐 와이즈 형이 외계인이라도 된다는 거야?"

"그런 말은 아니네… 그냥 알 수 없는 인물이니까 생각은 해보라고 말을 한 것뿐이네. 오해는 하지 말았으면 좋겠네. 나는 그저 내가 알고 있는 사실을 말했을 뿐. 그와 관계를 틀어지게 하려고 했다거나 오해를 만들려는 의도는 없었네."

'진심이군…. 그리고 보니…. 한 가지 이상한 점이 있기는 하네…. 세계 최강국인 미국의 대통령도 내 앞에선 긴장을 하는데… 와이즈 형은 너무나 여유로웠어…. 확실히 사람을 안 믿는 내가 너무나 쉽게 믿었지…. 그리고 그 동질감…. 역경을 이겨냈다는 동질감뿐만이 아니었어…. 근본적인 무언가가 닮았다고 느꼈었는데…. 듣지 말았어야 할 내용을 들었나? 괜히 의심병만 도지는 것 같은데….'

지후는 빠르게 상념을 털어내고 술을 마셨다.

괜히 생각을 해봤자 물음표만 늘어날 거라는 생각에 나중에 와이즈 왕자를 만나면 제대로 파악해 보면 된다는 생각이었기 때문이다.

지후는 밤새도록 오마바 대통령과 술잔을 기울였고 오마바 대통령은 아이템의 힘을 빌려 꽤나 선전을 했지만 아침 해가 뜰 무렵 결국 테이블에 고개를 파묻고 말았다.

◆

이틀 후 지후는 방안에서 하던 전설대전을 멈추고 S급 헌터들의 모임이 있는 연회장으로 향하고 있었다.

연회장으로 향하는 리무진에는 지후와 박소영 비서, 그리고 삼마가 타고 있었다.

"지후님. 오늘 만나시게 될 헌터들 앞에서는 제발 트러블을 일으키시지 말아 주셨으면 좋겠습니다. 다들 전 세계적으로 유명한 헌터들이어서… 사고를 치시면 수습이 복잡해집니다."

"아영아. 말을 이상하게 하네? 누가 보면 내가 어디 가기만 하면 트러블을 일으키는 것처럼 말하네?"

"그게… 아니고…."

"아니긴….'

전아영 협회장과 지후가 대화를 주고받는 사이 리무진은 오늘 모임이 있을 장소에 도착해 있었다.

"도착하셨습니다. 지후님."

"말투 좀 고치라니까. 박 비서는 서울 가면 제대로 수련하기 싫은가 봐."

"죄송합니다. 노력은 하고 있지만…."

"노력은 무슨…. 시도하는 것조차 못 봤는데."

지후는 박 비서를 무시하곤 차량에 내려서 걸어가고 있자 퀭한 얼굴에 머리가 살짝 까진 중년의 사내가 지후와 일행을 반기고 있었다.

"안녕하십니까? 세계헌터협회의 협회장으로 있는 제이슨 타일러입니다."

"오~ 안녕하세요. 이지후입니다. 저는 세계헌터협회의 대장이라 길래 나이 든 아저씨나 할아버지를 예상했는데 생각보다 젊으시네요."

"하하하. 제가 그렇게 나이가 많지는 않습니다."

"그러신 것 같네요. 한 40대 초반 정도 되신 것 같으신데 제가 오해를 했네요."

순간 삼마는 입가를 가리고 가늘게 어깨를 떨고 있었다.

"풉. 크크큭."

"서른다섯입니다."

"……?"

"대한민국의 나이로 서른다섯입니다. 제가 요즘 일이 너무 많아서…."

'당신이 공명던전에 대해서 다 퍼뜨려서…. 내가 요즘 머리가 빠진단 말입니다!'

"크흠. 실례했네요. 생각보다 노안이시라…. 역시 협회는 일이 많나 보네요. 제가 예전에 바로 협회의 일을 거절

했던 건 최선의 선택이었나 보네요. 아영아 너도 조심해라. 여자들 한 순간에 훅 간다더라."

"조심하도록 하겠습니다."

관둬야 하나? 앞으로 신경 써서 관리해야겠어. 그냥 협회를 관둘까? 나도 저 나이 때 50대로 보이면 어떡하지? 안 그래도 지후씨가 나보다 어린데….

제이슨의 안내를 받아 지후와 일행들은 연회장으로 입장하고 있었다.

제이슨은 단상으로 올라가 연설을 시작했다.

1년에 1번 있는 S급 헌터들의 모임이지만 오늘처럼 모든 S급 헌터가 자리에 모인 것은 오늘이 처음이었다.

이 모임은 강제는 아니었고 친목을 다지자는 취지에서 만들어 졌기에 참석은 자유였지만 그동안은 반 이상도 온 적이 없었던 것이다.

전아영 협회장도 이 모임에 한번밖에 참석하지 않았었다.

협회일로 충분히 바쁜데 고작 친목 때문에 올 정도로 대단한 모임이라는 생각은 없었기 때문이다.

나들 그런 생각을 하고 있었지만 이번 모임에는 세계에서 열일곱 번째 S급 헌터이자 1인 레이드를 하고 다니는 지후가 참석한다는 사실에 모든 S급 헌터들이 일정을 취소하고 이 자리에 오게 된 것이었다.

하지만 연회장은 그다지 화기애애하지는 않았다.

그동안 S급 헌터로서 많은 걸 누리고 살고 있었지만 이지후의 등장으로 인해서 자신들의 가치가 예전같지는 않았기 때문이다.

그리고 몇몇은 끝까지 믿지 않았다.

그리고 그 몇몇은 결국 사고를 치고 말았다.

"헤이. 옐로우 몽키!"

지후는 못 들은 척 지나갔지만 그 사내와 일행들은 지후의 앞을 가로막았다.

"귀가 잘 안 들리나봐? 옐로우 몽키."

"나 말인가?"

"그래. 이 자리에 옐로우 몽키라고 하면 누가 있겠어. 아거기 중국이나 일본을 말 한건 아니야. 코리아의 옐로우 몽키라고 해야 하려나?"

"트롤같이 생긴 게 뚫린 입이라고 막 뱉나보네?"

"크크큭."

"트롤이래."

"가… 감히… 나한테… 트롤이라고?"

"응. 너 트롤같이 생겼잖아. 더럽게도 못생겼네."

그 때 옆에 있던 다른 사내가 트롤처럼 생긴 남자와 지후의 사이를 가로 막았다.

"어이 참으라고 카를로스. 저런 거품만 낀 천박한 애송이랑 무슨 대화가 통하겠어."

순간 지후의 일행들의 안색이 굉장히 안 좋아 지고 있었다.

전아영 협회장은 이번에도 조용히 넘어가긴 글렀다는 생각을 하며 한숨을 쉬고 있었다.

"지랄들을 하고 있네. 대한민국의 속담 중에는 가는 말이 고와야 오는 말이 곱다는 말이 있어. 그런데 너희는 뭐 하자는 거지?"

지후의 앞을 막고 있던 사람들은 S급 헌터중에서도 유명한 헌터들이었다.

그렇기에 이 자리에 있는 S급 헌터들은 호기심을 가지고 이 상황을 지켜보고 있었다.

지후가 트롤이라고 했던 사내의 이름은 카를로스로 S급 헌터 중에서 가장 힘이 세다고 평가받는 아르헨티나인이었다.

그리고 지후와 카를로스의 사이를 가로 막은 남자는 스페인의 S급 헌터로 스피드라면 둘째가라면 서러운 사내였다. 그가 지나간 자리에는 섬광만이 남는다며 섬광의 알론소라고 불리고 있었다.

그리고 그 둘의 옆에는 두 명의 남녀가 있었다.

왼쪽에 있는 여자는 브라질에서 온 여인이었다. 어떤 목표물도 놓치는 일이 없다는 신궁 레일라였고 우측에 있는 남자는 포르투갈에서 온 S급 헌터였는데 그냥 레일라가 좋아서 따라다니는 남자 중 하나였다.

모두 라틴계 백인들이었고 평소에도 넷이서 잘 돌아다녔다.

그들에게 공통적으로 있는 한 가지가 바로 우월의식이었기 때문이다.

우월의식으로 똘똘 뭉쳐있는 이 네 사람은 지후의 영상을 보고 도저히 인정을 할 수가 없었다.

같은 S급인데 이 정도의 차이가 있을 수 있다고 생각하지 않았기 때문이다.

아마 기계가 S급 이상의 등급도 측정을 할 수 있었다면 지후가 S급 헌터가 될 일은 없었을 테지만 기계는 S급까지만 등급을 매길 수 있었기에 지후는 이들과 같은 S급 헌터가 될 수밖에 없었다.

그리고 이들은 공명던전에 대해서도 자세히 알지 못했다.

그렇기에 조작설에 더 무게를 두고 있었고 설마 모든 S급 헌터가 다 있는 자리에서 큰일이라도 나겠는가 하는 안일한 생각으로 지후에게 시비를 걸고 있었다.

물론 영상이 사실이더라도 자신들 네 명이라면 충분히 상대가 가능하다는 자신감도 있었기 때문이다.

"뭐 카를로스가 초면에 말을 좀 심하게 했지만 아주 틀린 말은 아니지 않나? 옐로우 몽키라는 말이 틀렸나?"

"그냥 시비를 걸고 싶은 거면 무기 빼들고 덤벼. 사내새끼가 계집애처럼 조잘조잘 참 말도 많네."

"말이 심하군. 아무리 같은 S급 헌터라도 적당히 하는 게 좋아. 애송이. 우리는 너보다 한참 전에 S급에 올랐다고. 특별히 이 자리에는 모든 S급 헌터가 모여 있으니 네가 나한테 정중하게 술 한 잔을 따른다면 용서해주지."

"같은 S급? 착각도 정도껏 해야지. 너희들은 뇌가 날 것 그대론가? 그동안 내 영상을 봤다면 그런 생각을 할 수가 없을 텐데?"

"그런 조작영상 따위야 누구나 올릴 수 있지. 뭐 기계가 측정했으니 네가 S급인 건 맞겠지만."

지후는 테이블에 올려져있는 술병을 들고는 알론소에게 다가갔다.

그리고 술병을 알론소의 머리 위에서 거꾸로 들었다.

알론소의 머리는 지금 지후가 따라주는 술로 인해서 축축히 젖어 있었다.

"이 자식이 지금 뭐하자는 거야!"

"네가 술 따라 달라 길레 따라 준건데?"

알론소는 화가 나서 가늘게 어깨를 떨고 있었고 알론소에게 가로 막혀 있던 카를로스는 이 모습을 보자 지후를 향해 주먹을 휘둘렀다.

팡!

카를로스의 우락부락한 주먹이 지후의 얼굴을 노리고

날아오고 있었지만 그 파공음이 무색하게 지후의 표정은 평화로웠다.

그리고 카를로스와 지후의 모습을 보고 이 자리에 있는 헌터들은 경악을 할 수 밖에 없었다.

지후는 카를로스의 주먹을 검지손가락 하나만을 이용해서 막고 있었던 것이다.

"앞으로 어디 가서 나랑 같은 S급 헌터라고 하지 마. 그리고 조작영상? 그게 조작인지 아닌지도 구분을 못할 정도의 멍청이들이 건방지게 나한테 시비를 걸어? 이대로 덤비면 나중에 아이템이 없어서라고 할 수도 있겠지? 어디 아이템도 걸치고 덤벼봐."

지후의 말에 네 사람은 바로 자신들의 아공간에 있던 갑옷을 입고 무기를 들고 있었다.

"건방지군. 그래 네가 강하다고 치지. 그런데 우리 네 사람을 상대할 수 있다고 생각하나?!"

"착각이 너무 심해. 너희들뿐만 아니라 이 자리에 있는 모든 헌터가 다 덤벼도 상관없어. 뭐 너희가 주제를 모르고 설치기는 했지만 딱히 여기서 피를 묻히고 싶은 생각은 없었으니까 살려는 드릴게."

"우리는 전부 S급이야! 네가 상대하던 아랫것들과는 차원이 다르다고!"

"내 눈엔 S급이나 D급이나 똑같아."

"그게 무슨 소리지?"

"대형마트 기준에서는 편의점과 구멍가게가 무슨 차이가 있겠어? 그냥 다 고만고만한 것들 인거지. 뭐 그래도 살려는 드릴게. 그런데 나중에 귀찮게 할지도 모르니까 폐인으로 만들어 줄게. 귀찮은 건 딱 질색이라. 뭐 내가 손을 쓰게 된 대가는 너희들 몸에 있는 장비로 가져가지. 살려주는 대가치고는 참 소박하지?"

난 사실 몬스터보다 대인전 특화라고. 너희는 상대를 너무 잘못 골랐어.

"개자식. 요즘 좀 잘나간다고 눈에 보이는 게 없구나! 오늘 우리가 그 버릇을 고쳐주지!"

모두가 지후와 네 명의 대결을 흥미롭게 지켜보고 있었다.

그리고 마음속으로 알론소 일행이 지후를 박살내주기를 바라고 있었다.

지후로 인해서 이 자리에 있는 모든 S급 헌터들의 입지가 예전 같지 않다는 것은 사실이었기 때문이다.

그리고 지켜보는 이들의 마음속에는 과연 지후가 인간과의 대결에서도 얼마나 강한지 궁금함이 컸다.

영상이 조작은 아니었지만 몬스터와 인간은 싸우는 방식이 전혀 달랐으니까.

방송으론 안 나왔시만 지후가 일성길드나 대한민국 헌터들을 박살내는 모습을 봤다면 저렇게 덤비지 않았을 것이다.

빛을 뿌리며 알론소가 지후에게 달려들었지만 지후에게 알론소의 쌍검은 닿지 않았다.

지후는 천왕보를 이용해서 알론소의 쌍검을 가볍게 피해 내고 있었다.

'어설퍼…. 만약 무림인들과 싸운다면 이 녀석들은 일류 무인과 비슷한 수준이다. 아무리 마력이 많아봐야 전투방식이 너무 떨어지니… 그러니 자신보다 등급이 낮은 몬스터를 떼거지로 상대하는 걸 테지만.'

"제법 빠른가 보구나! 옐로우 몽키! 하지만 네가 언제까지 도망만 다닐 수 있을까!"

파아앙!

순간 카를로스의 베틀엑스가 엄청난 파공음을 내며 지후의 허리를 노리며 들어오고 있었다.

지후는 가볍게 뛰어올라 카를로스의 베틀엑스를 피했지만 공중에 떠오른 지후에게는 신궁 레일라의 화살들이 날아오고 있었다.

'생각보다 팀웍은 괜찮네. 그런데 상대가 너무 안 좋았지. 우선은 걸리적거리는 활부터 없애야겠네.'

지후는 공중에서 갑자기 사라지더니 레일라의 뒤에서 나타났다.

'이형환위라고 해. 일단은 너부터.'

지후는 이형환위의 수법으로 눈 깜짝할 사이에 레일라의 눈앞에 나타났다.

그리고 지후의 천장을 향해 올라가있던 오른 손바닥은 레일라의 얼굴을 힘껏 쳤다.

짜악!

지후가 레일라의 뺨을 후려쳤고 그 한방에 레일라는 비명조차 지르지 못하고 기절을 하고 말았다.

레일라의 볼에 있던 살점이 터져나갔고 왼쪽 안면은 함몰되어 있었다.

바닥에는 레일라가 처참한 몰골로 쓰러져 있었고 하얀 이가 떨어져 있었다.

"레일라!"

포루투갈의 S급 헌터가 소리를 지르며 지후에게 창을 들고 달려오고 있었다.

"이 자식! 여자에게 너무 한 것 아니야!"

지후와 전투 중인 네 명의 일행이 아닌 지켜보고 있던 S급 헌터 중 한 남자가 소리를 치며 지후에게 검을 뽑고 있었다.

미국의 S급 헌터로 그동안 레일라에게 관심이 있던 사내 중 하나였다.

레일라는 누가 봐도 아름다운 외모와 섹시한 몸매를 가지고 있던 여자였기에….

포루투갈의 헌터와 이 미국인 헌터는 레일라를 차지하기 위해 언제나 경쟁을 하는 사이였었다.

하지만 레일라가 당하자 누가 먼저랄 것도 없이 지후를 향해 달려들고 있었다.

"너희는 몬스터가 남녀차별 하는 것 봤냐? 몬스터가 여자는 살살 때려? 헌터에 무슨 남녀를 따져. 나한테 무기 뽑고 살기 풀풀 뿜으면서 덤벼들면 다 같은 적인 거지."

"죽어! 이 개자식아!"

포루투갈의 헌터의 창에는 불꽃이 일렁이고 있었고 그 창은 지후의 미간을 향하고 있었다.

'빙백신장.'

2M를 남겨두고 지후의 빙백신장이 포루투갈의 헌터에게 적중했고 포루투갈의 헌터는 그 자리에서 얼어붙어 갔다.

"이… 이게 뭐야…."

더 이상의 말을 남기지 못하고 포루투갈의 헌터는 얼음 동상이 되어있었고 순식간에 두 사람이 당하자 모두가 긴장을 하고 있었다.

그리고 카를로스와 알론소 미국인 이 세사람은 지후에게 합공을 하기 시작했다.

"감히 나의 레일라를!"

"넌 내 도끼에 한방만 걸리면 끝이야!"

"죽어라!"

알론소의 쌍검중 하나는 지후의 복부에 하나는 지후의 목울대를 향해 베어오고 있었다.

지후는 양손으로 팔목을 낚아 챈 후에 알론소의 발에 진각을 밟았다.

콰아앙!

"으아아악!"

알론소는 비명을 지르며 으스러진 발목을 붙잡고 바닥을 구르고 있었다.

지후는 알론소가 자꾸 날 파리처럼 움직여대니 조금 거슬리기 시작해서 그의 기동력부터 빼앗은 것이었다.

어차피 나머지 둘은 스피드가 그렇게 빠른 타입은 아니었고 합공을 쓰는 상대를 상대할 땐 빠른 놈부터 처리하는 것은 정석이었기 때문이다.

지후는 카를로스와 미국인의 공격을 아무렇지도 않게 피하며 둘의 틈을 파고들었다.

두 사람은 합공이 처음인지 제대로 합이 맞지 않았기에 오히려 틈이 많았다.

지후는 황보세가의 금나수 중 하나인 태산중수를 사용해 카를로스의 전신을 두들기기 시작했다.

"끄아악!"

카를로스의 비명에 지켜보는 모든 사람들의 등줄기도 섰어갔다.

힘으로는 S급 헌터 중 최강이라고 불리던 남자가 아무것도 하지 못하고 당하고 있었기에 그 충격은 모두에게 너무나 컸다.

"그… 그만!"

"말이 짧네…. 그리고 걱정 마. 살려는 드릴게."

"너… 너는 대체 뭐야! 어떻게… 이렇게…."

"너 꺼."

"뭐…. 뭐라고?"

"너 꺼지라고!"

퍽! 퍽퍽! 퍼퍼퍼퍼퍽!

지후의 공격은 쉴 틈 없이 카를로스에게 들어가고 있었고 결국 카를로스의 전신의 뼈는 박살이 난 후에야 흐믈 거리며 바닥에 쓰러지고 있었다.

"오… 오지 마…."

"시작은 너희가 했잖아. 그러니까 끝은 내가 내야지."

미국인 헌터는 지후를 피해서 정신없이 도망을 가기 시작했고 주변에 있는 의자나 테이블에 부딪혀 넘어지기 일쑤였다.

그러다가 빙백신장에 적중되어 얼어있던 포루투갈인의 동상에 부딪치고 말았다.

쾅. 콰지지직…….

넘어진 포루투갈인은 얼음 조각이 되어 바닥에 가루가 되어 부서져있었다.

피조차 얼어붙었는지 그저 얼음 조각만이 바닥에 조각조각 널 부러져 있었다.

"하… 내가 살려는 준다고 했는데…. 그 자식은 내가 죽인 거 아니다! 노랑머리 네가 죽인 거야."

"그… 그게 무슨….?"

"안 보여? 네가 죽였잖아. 조각내서 죽였네. 내가 이따가 녹여주려고 했었는데…."

장내는 순식간에 침묵에 휩싸였다.

그저 움직이지 못하도록 얼렸던 게 아니었다.

뼛속까지… 피마저 모두 얼어 있었고… 그걸 건들이면 포루투갈인처럼 죽는다는 사실은 너무나 엄청난 공포였다. 그동안 봤던 영상이 전부가 아니었다는 사실과 영상은 오히려 지후의 일부일 뿐이라는 사실에 지켜보는 헌터들의 입속은 말라만 갔고 긴장감으로 인해 전신이 땀으로 젖어갔다.

"다시 말하지만 내가 죽인 거 아니다. 난 잘못 없어. 저 노랑머리가 죽인 거야."

지후의 음산한 말에는 공포와 살기가 녹아 있었고 다들 꿀 먹은 벙어리처럼 고개를 끄덕이고 있었다.

분명히 얼음 동상을 가루로 만든 것은 노랑머리의 미국인이었기에… 모두 고개를 끄덕일 수밖에 없었다.

사실 지후는 잊고 있었다. 포루투갈인의 존재를….

빙백신장에 제대로 적중된 상태에서 치료는 거의 불가능했다.

치료를 한다면 바로 했어야 했다.

사실 바로 치료를 했다면 모르지만 지금처럼 시간이 지난 후에는 지후도 딱히 손을 쓸 방법은 없었다.

하지만 바로 합공을 펼친 세 남자로 인해서 빙백신장에

직격된 포루투갈 인은 지후에게서 잊혀 진 것이다.

지후에겐 언제나 눈앞의 적만이 중요했지. 적을 살려야 한다는 생각은 없었기 때문이다.

책임전가를 할 곳이 생긴 지후는 자신이 죽인 게 아니라 노랑머리의 미국인이 죽였다는 것을 확실히 하고 있었다.

모두가 끄덕이는 것을 본 미국인은 이성이 날아갔는지 악을 지르며 대검을 마구잡이로 휘두르며 지후에게 달려들고 있었다.

"으아악!"

같은 미국인 S급 헌터들조차 이대로라면 안 된다는 사실은 알지만 차마 지후를 막을 정도로 노랑머리의 미국인과 친하지는 않았다.

쾅!

지후가 내지른 주먹이 미국인의 복부를 강타했고 미국인의 입에서는 붉은 선혈을 토해내고 있었다.

지후는 침투경을 이용해서 미국인의 장기를 진탕시켜 놓았지만 지후의 손은 멈추지 않았다.

순식간에 혈을 눌러서 앞으로 마력을 사용하지 못하도록 마력의 통로들을 막아두고 있었다.

아마 노랑머리의 미국인이 마력을 사용하려고 한다면 앞으로 죽음보다 더한 고통을 느껴야 할 것이다.

지후는 손뼉을 치면서 손에 묻은 피를 털어내며 장난스럽게 말을 하고 있었다.

"더 덤빌 사람 없어? 이건 너무 시시하잖아."

장내에는 더 이상 아무 말도 하는 사람이 없었다.

그저 지후의 압도적인 무력에 압도되어 있을 뿐이었다.

누가 감히 나설 수 있겠는가?

순식간에 S급 헌터 다섯을 눕혀버린 지후에게 덤빌 정도로 이 자리에는 자신의 목숨을 가볍게 생각하는 사람은 없었다.

"약속대로 살려는 줬어. 폐인으로 만들어 준다는 약속도 지켰어. 아~ 저기 조각난 건 내탓 아니야. 머저리같은 노랑머리가 죽인 거야. 난 약속을 지키는 남자거든. 그러니까 나중에 뒷말로 궁시렁 거리지 말고 할 말 있으면 지금 해. 오늘은 살려는 드리니까. 그런데 그런 뒷 말이 내 귀에 들리면 그때는 가장 고통스럽게 죽여주지."

지후는 이 말을 끝으로 쓰러져 있는 S급 헌터들의 몸에 있는 아이템들을 챙기기 시작했다.

그리고 쓰러져 있는 헌터들이 입고 있는 갑옷 또한 태연하게 벗기고 있었다.

지후의 행동은 여자라고 봐주지 않았다.

포루투갈의 헌터를 제외한 세 명의 남자 헌터의 모든 것을 챙긴 지후는 브라질의 레일라에게도 똑같이 행동하고 있었다.

지후가 레일라의 악세서리와 아이템 그리고 입고 있던 갑옷들을 벗기고 있었다.

레일라가 입고 있던 갑옷을 벗기며 레일라의 하얀 속살이 노출되고 있었지만 지후의 눈빛은 변하지 않고 너무나 평화로워 보였다.

레일라의 알몸이 모두에게 보이고 있었지만 지후는 전혀 신경도 쓰지 않는 눈치였다.

그 모습을 보자 전아영이 테이블보를 가지고 와서 레일라의 몸에 덮어주고 있었다.

같은 여자로서 모두의 앞에서 알몸을 보인다는 것은 너무나 수치스럽다고 생각했기 때문이다.

그 모습을 본 협회장인 제이슨도 테이블보로 남자들의 나신을 덮어주고 있었다.

딱히 보고싶은 그림은 아니었기 때문이다.

"파티도 재미없고…. 똥파리들이 앵앵대기만 하네. 이럴 거면 다시는 초청장 보내지 마. 식후 운동도 안 되는 것들이 어디서 나랑 동급인척 지랄들이야."

지후의 빈정대는 말에도 모두는 아무 말도 하지 못했다.

반박이라도 하는 순간 테이블보를 덮어둔 사람들과 같은 꼴이 될 테니까.

나중에야 알게 된 일이지만 그들은 더 이상 헌터생활을 할 수 없었다.

지후는 그들의 혈을 점혈하고 자신의 기운을 그들의 마력에 심어서 마력을 사용하지 못하도록 만들어 두었다.

지후는 그들을 살려는 줬고 폐인으로 만들어 준다는 모든 약속을 지켰다.

이 사실을 알게 된 헌터들은 더 이상 지후에 대한 말을 하지 않았다.

뒷말이 지후의 귀에 들린다면 가장 고통스럽게 죽여주겠다는 약속도 지후가 지킬 것이란 사실을 알았기 때문이다.

"가자. 박 비서."

"네. 팀장님."

지후와 박 비서는 아무 일도 없던 것처럼 연회장을 떠나서 호텔로 돌아가고 있었다.

미국을 떠나 한국으로 돌아가기 하루 전인 지금 지후는 결국 가족들과 식사를 하기 위해 밖으로 나오고 있었다.

방안에서 게임만 하고 있는 지후를 보고 지후의 엄마가 화가 나서 컴퓨터 선을 뽑아버리고 데리고 나왔기 때문이다.

지후와 가족들 그리고 매형이 될 수혁까지 8명은 누나가 예약해둔 최고급 레스토랑으로 향하고 있었다.

물론 계산은 지후의 몫이었지만.

"대박! 오빠 나 이런 곳 처음 와 봐!"

"넌 그동안 레스토랑 한 번 못가봤냐?"

"레스토랑이야 많이 가봤지! 그런데 이렇게 고급스러운 곳은 못 가봤다는 거지! 여기 인테리어도 완전 고급이고 저기 오케스트라도 연주하고 있잖아. 분위기 진짜 좋다."

"많이 먹어라."

"그런데 오빠 한국가면 나랑 했던 약속 꼭 지켜야 된다!"

"너랑 내가 무슨 약속을 해?"

"아! 오빠! 나랑 예능방송 출연하기로 했잖아!"

"응?"

"유언으로도 했던 말을 모른다고 하시게?!"

"응?"

"자꾸 모른 척 할 거야!"

"응?"

"계속 그렇게 응만 할 거야?"

"응?"

"약속 했잖아…. 같이 나가주기로… 오빠 때문에 방송하러 갈 때마다 PD님들이 나한테 다 달라붙는단 말이야…."

"PD? 그 새끼들을 내가 그냥 다 죽여…."

"지후야…."

"응 아빠?"

"부모 앞에서 그렇게 죽인다는 소리 함부로 하는 거 아니다. 그리고 쌍둥이들도 듣고 있는데."

"죄송합니다."

"지후야. 웬만하면 지수랑 방송 좀 같이 나가지 그래?"

"엄마까지 왜? 나 지금도 엄청 바빠."

"맨날 게임하느라 바쁘겠지!"

"누가 그래! 나 레이드 하느라 엄청 바빠."

"네 누나가 벌써 다 말했다. 매일 사무실에서 전설인가 머시기 게임만 하고 있다고."

지후는 밀려오는 배신감에 지현을 째려보았다.

"지후야… 미안… 생각보다 집 짓는 공사비가 많이 나와서… 엄마가 돈을 보태 주셔서…."

"엄마… 누나한테 또 돈을 해준다고? 그리고 누나는 그동안 내가 준 아이템이 얼만데! 그리고 그 집짓는 곳 아직 내 땅이거든? 아직 내가 땅문서 안 넘겼는데?"

"그게 엄마랑 아빠랑 술 한 잔 하다가 말실수로…. 네가 하도 집에 안 들어오니까 엄마랑 아빠가 너 어떻게 사나 궁금해 하셔서…."

"그리고 엄마가 누나한테 보태준다는 돈도 내가 엄마한테 준 용돈 아닌가…?"

"야! 이지후! 이미 엄마 손에 들어온 돈인데 그 돈을 내가 내 마음대로 쓰는 거지. 네 허락받고 써야 되니?"

"아니요… 마음대로 쓰세요…."

"그런데 누나는 뭐 어마어마한 저택이라도 짓나봐?"

"으응…. 그게… 이왕 짓는 기 제대로…."

하…. 당신의 된장기질은…. 지수가 안 닮아서 그나마 다행인가….

"얘기가 자꾸 딴 길로 세는 것 같은데! 오빠, 나랑 방송 꼭 나가야 돼!"

"그럼 하나만 하자."

"안 돼!"

"아~ 왜!"

"그럼 다른 PD님들한테 시달려야 하잖아."

"그럼 어쩌라고! 뭐 대한민국에 있는 모든 예능에라도 출연하라는 거야!"

"그건 아니고…."

"그럼 공중파로 방송사별로 하나씩. 총 3개만 나가자."

"알겠어…. 그 정도면 어떻게든 될 거야."

"그런데 촬영 짧게 끝나는 거로 잡아와라. 오래 걸리거나 자고 오는 그런 프로는 나 안한다."

어떡하지… 사실 오빠랑 정글 가려고 했는데… 그 PD님이 나 처음 데뷔했을 때 엄청 챙겨주셨는데… 이건 다음 기회를 노려야겠네… 지금 말 꺼내면 아마 아무것도 안 한다고 하겠지.

"알았어… 그럼 스케줄 잡히면 연락 줄게…."

"잡기 전에 연락해. 어떤 프로인지 내가 고를 거야."

"……."

때마침 지후의 가족들이 주문한 요리가 나오고 있었다.

지후는 생각보다 맛있는 스테이크에 가끔씩 이렇게 가족끼리 외식을 하는 것도 좋다는 생각이 들고 있었다.

가족들은 다들 맛있게 먹고 있었고 쌍둥이들이 입가에 소스를 묻히고 정신없이 먹는 모습을 보자 안쓰러운 마음도 들었다.

그동안 엄마 음식 먹느라 고생이 많았구나….

그래도 그런 과정을 거치면 나중에 너희가 세상에 나왔을 때 세상의 모든 음식이 맛있는 경험을 할 수 있을 거야….

"오빠 진짜 맛있다."

지수는 폭립을 들고 지후에게 말을 건네고 있었다.

"넌 오빠가 맛있냐?"

아주 내 뼈까지 씹어 먹겠네.

순간 테이블에는 정적이 흘렀다.

지현의 입에서는 '변태새끼'라는 말이 들렸고 지수와 부모님은 지후를 경멸의 시선으로 바라보고 있었다.

"아니 분위기가 왜 이래? 지수가 나를 뼈까지 발라먹을 듯이 말해서 그런 건데? 다들 무슨 음란마귀가 씌었어?"

지후의 역습에 누나와 부모님은 헛기침을 하며 칼질을 계속해 나갔다.

13. 일상

13. 일상

   미국에 갔던 모든 일행들은 현재 인천공항으로 도착해 있었다.

   하지만 다들 이곳을 나가지 못하고 있었다.

   진을 치고 있는 기자들과 방송국 사람들과 환영을 한다는 국민들로 인해서 입국장이 막혀있었기 때문이다.

   지후가 미국으로 모두를 이끌고 가 버려서 사실 국민들은 걱정이 컸다.

   지후가 이대로 대한민국을 버리진 않을까 싶었기 때문이다.

   그리고 미국에서 있었던 S급 헌터들과의 마찰도 미국의 언론을 통해 약간이나마 알려졌다.

자세한 내용은 알 수 없었지만 몇 명의 헌터가 입원중이고 포루투갈의 헌터는 사망했다는 사실은 이미 알려진 사실이었다.

그런 지후의 입국 사실이 알려지자 인천공항은 지금 몰려든 인파로 인해서 발 디딜 틈조차 없는 현실이었다.

"짜증나네…."

"지후야 어떡하지?"

"다 쓸어버릴까?"

"지후야…. 엄마는 아들을 그렇게 키우지 않았다."

"그럼 미라클 길드원들이 길을 뚫고 우리가 빠져나갈까?"

"그럼 우리 길드 이미지가…."

"아 그럼 어쩌자고… 다 여기서 이러고 있을 거야?"

"일단 길드원들 몇 명을 내 보내 볼게. 반응 좀 살펴보자."

"알았어."

밖으로 나간 몇몇의 미라클 길드원들은 미라클 길드원이라는 사실만으로 환대를 받으며 잘 돌아왔다는 알 수 없는 인사를 받으며 공항을 빠져나가고 있었다.

생각 외로 길드원들은 쉽게 공항을 나올 수가 있었던 것이다.

수혁은 모든 길드원들을 내보냈고 이제 남은 건 협회의 삼인과 지후의 가족들뿐이었다.

"이거…. 보니까… 다 지후 때문에… 와있는 것 같은
데…."

"……."

"가요. 여보."

"응? 무슨 소리야?"

"우리가 있어봐야 무슨 도움이 되겠어요. 지후만 놔두고
우리는 가도록 하죠. 지후는 왼쪽으로 우리는 오른쪽으로
그럼 사람들이 어디로 몰릴까요?"

엄마의 말에 모두는 무언가 깨달았다는 듯 눈을 크게 뜨
고는 지후를 바라보고 있었다.

"역시 내가 부인은 정말 제대로 뒀다니까? 갑시다. 지훈
이는 내가 안을 테니까 지아는 당신이 안아요. 그리고 수혁
이랑 지수랑 지현이는 짐들 좀 들도록 하고."

"길은 저희가 열도록 하겠습니다. 아버님."

순간 전아영 협회장이 지후의 아빠에게 길을 열겠다며
나서고 있었다.

'아버님? 이게 무슨….'

"허허허. 그러려무나."

순간 지후는 멍해져 있었다.

모두 자신을 버리고 살길을 찾은 것이다.

그 움직임에는 박 비서도 포함 되어 있었다.

"야 박 비서! 너는 내 비서잖아! 그런데 어딜 간다는 거
야!"

"사무실에서 뵙겠습니다."

박 비서는 그 한마디를 남기고 가족들의 뒤에 바짝 붙어서 나가고 있었다.

그리고 부모님이 눈짓으로 빨리 왼쪽 문으로 나가라고 신호를 보내자 지후는 하는 수 없이 문을 열고 나가고 있었다.

모두의 예상대로 모든 관심은 지후에게 쏠렸고 그 틈을 이용해서 가족들과 일행들은 안전하게 공항을 빠져나갈 수 있었다.

"이지후씨! 대한민국에 완전히 돌아오신 겁니까?"

"S급 헌터들과 마찰이 있었다고 하시던데 어떻게 된 것입니까?"

"포루투갈의 S급 헌터를 죽였다고 하던데 사실입니까?"

"사고를 치고 미국에서 추방 됐다던데 맞습니까?"

"이지후씨가 면책특권을 이용해서 사람들을 많이 죽이셨다는데 사실입니까?"

"레일라씨를 폭행했다는 게 사실입니까?"

"레일라씨를 강간했다던데 맞습니까?"

"이지후씨…."

"이지후씨…."

"이지후씨…."

엄청난 플래시와 질문들에 지후의 얼굴은 사정없이 굳어지고 있었다.

'이것들이 지금 뚫린 입이라고 맘대로 짓거리네? 대가리를 뚫어버릴까?'

"비켜!"

지후의 사자후가 터졌고 순간 장내의 소란은 사라졌다.

지후는 그냥 모두가 들을 수 있을 정도의 내공만을 사용했다.

살기를 싫거나 다치게 할 생각은 없었기에 예전처럼 지후의 사자후에 피를 토하는 사람들은 없었다.

"비키라고… 집에 가야 되니까."

"하지만 국민의 알권리를 위해…."

지후는 방금 입을 연 기자의 앞으로 가서 기자의 멱살을 쥐고 들고 있었다.

기자는 공중에서 떠서 발버둥치고 있었지만 지후는 요지부동이었다.

"지… 지금…. 기자를 폭행하시는 겁니까?"

"지랄들 하고 있네. 내가 연예인이야? 뭐 공인이야? 뭔데 나한테 국민의 알권리니 어쩌고 하는 헛소리를 해!"

"하지만 저희는 국민들의 궁금증을…"

"지랄하지 마. 돈 벌려고 하는 거잖아. 그동안 나를 이용해서 돈을 벌려고 했던 것들의 최후가 어땠을까?"

"……."

"이 시간 부로 나에 대해서 함부로 떠들지 마. 만약 기사에 진실이 없을 경우에는 그 책임을 제대로 져야 할 거야.

나한테 국민의 알권리니 그런 같잖은 소리는 하지 마. 어디서 뚫린 입이라고 마음대로 짖는 거야? 내가 통장에 남아도는 돈이 너무 많거든? 너희들 방송사든 언론사든 사서 다 실업자로 만들어 줄까?"

"……."

지후의 말에 모두 긴장을 할 수밖에 없었다.

소문에 의하면 이미 대한민국에 지후를 견제할 수 있는 사람은 없었다.

이미 지후로 인해서 모두 물갈이가 되었고 그렇지 않았더라도 모든 걸 힘으로 누르는 사내가 지후였던 것이다. 그것이 자신들의 언론을 향할 수도 있다는 생각을 못 해봤던 것이다.

"지금 언론의 자유를 억압…."

"너희가 언제 제대로 된 언론인이었다고? 기레기 새끼들이 말은 잘하네. 이상한 기사만 써대고 광고 넣어주는 곳에 대한 찬양기사만 써대는 것들이 지금 내 앞에서 뭐라고 하는 거야? 내가 요즘 돈을 쓸 곳이 없어요. 어디 언론사랑 방송국들도 다 물갈이 해볼까? 참 된 언론인으로?"

"……."

"그럼 내가 굉장히 귀찮겠지? 그러니까 나 귀찮게 길 막거나 그러지 말고 꺼져. 만약에 앞으로 나에 대해서 진실로 검증되지 않은 기사를 쓰거나 나의 사생활에 대해서 떠드는 곳이 있다면 모가지 관리 잘 하라고. 내가 좀 막나가는 인간이거든. 지금도 대충 알겠지?"

지후는 그동안 기자들이 맘대로 써 갈기는 스캔들 기사로 인해서 풀어줬어야 했을 짜증이 쌓여있었기 때문에 다시는 자신을 귀찮게 하지 못하도록 몰아붙이고 있었던 것이다.

그래야 다시 활동영역이 자유로워질 수 있기 때문이었다.

지후가 정면을 향해서 한걸음 내딛자 모세의 기적이라도 일어난 듯이 지후가 걸어갈 수 있는 길이 열리고 있었다.

더 이상 지후를 향한 플래시 세례도 없었고 지후를 찍으려는 카메라도 없었다.

정말로 자신들의 직장이 사라질 수도 있다는 생각은 직장인들에게 어떤 무기보다도 크게 다가왔다.

들리는 소문과 오늘 모습을 종합해 보면 지후는 정말 브레이크가 고장 난 폭주기관차였기 때문이다.

아무리 지후에 대해서 쓰면 팔리는 글이라지만 그 몇 번의 클릭을 유도하기 위해서 목숨을 걸고 싶은 생각은 없었기에 지후가 더 이상 기자들에게 시달리는 일은 없었다.

지후는 며칠의 시간이 흐르고 지수와 예능프로그램의 녹화에 나섰다.

지후가 녹화를 했던 예능은 SBC의 뛰어맨과 KBC의 우리 동네 체육인, 그리고 CBM의 마스크 가요왕이었다.

그 녹화들이 끝나고 지후는 방송국들 사이에서 예능 폭격기, 예능 브레이커, 예능 블랙홀 등등 수많은 악명으로 불리고 있었다.

지후는 SBC의 뛰어맨 녹화에서 인사와 오프닝을 마치고 이름표를 뜯는 게임이 시작되자 5분도 안 되서 모두의 이름표를 떼어버렸다.

출연진과 게스트인 지수마저 그 상황에 너무 당황해서 말을 잇지 못했지만 지후는 약속된 촬영이 끝났다며 퇴근을 해버렸고 방송분량을 15분정도만 뽑아놓고는 퇴장하는 바람에 그 날 방송을 아주 망쳐놓았다.

덕분에 방송은 지후와 지수 남매의 편과 다른 게스트를 섭외해서 촬영한 땜빵 본이 함께 방송되었다.

하지만 지후의 방송은 생각보다 반응이 좋았다.

나태한 제작진에게 제대로 한 방을 먹여줬다며 역시 갓지후라는 찬양이었다.

물론 제작진은 욕을 엄청 먹었다.

무궁무진한 소재를 가진 사람을 불러놓고 겨우 이름표 떼기만 준비해 놨다며 욕이란 욕은 다 먹었기 때문이다.

제작진은 이름표 뜯기와 중간 중간 토크를 통해서 충분한 분량을 뽑을 수 있다고 생각했고 그동안도 그렇게 해왔기에 문제가 없을 거라고 생각했었지만 지후는 상식을 벗어난 사람이었다.

다음 날 진행된 우리 동네 체육인의 촬영도 금방 끝이 났다.

연예계에 체육으로 이름 좀 날렸던 사람들과 현역 선수들의 배구 시합이었는데 지후의 스파이크를 받아내는 사람이 없었던 것이다.

지후의 스파이크를 받아낸 선수는 부상으로 실려 나갔고 지후가 배구공을 칠 때마다 들리는 대포 같은 소리는 그동안 공을 무서워하지 않았던 프로 배구 선수들에게 공포를 안겨주었다.

마찬가지로 지후의 공을 받아낼 선수가 없자 방송은 빠르게 우리 동네 체육인의 승리로 끝났고 지후는 퇴근을 해버렸다.

오프닝 방송으로만 40분 이상을 늘여서 편집을 한 방송과 짧은 경기시간은 시청자들에게 원성을 샀고 예능계에서 지후는 절대로 써서는 안 되는 카드가 되어가고 있었다.

사용 할 때는 기쁘게 사용 할 수 있는 신용카드지만 막상 사용하고 나면 엄청난 후폭풍을 몰고 오는 카드였기 때문이다.

정말 말 그대로 지후는 하이리스크 하이리턴 이었다.

지후라는 카드를 사용함으로서 엄청난 시청률을 얻었지만 돌아오는 욕도 그동안과는 상상도 할 수가 없었고 시청자들이 프로그램 폐지까지 운운했기 때문이다.

그 시즌 우리 동네 체육인과 시합에 나왔던 프로배구단은 결국 시즌 꼴지를 기록하고 말았다.

선수들이 트라우마에 사로잡혀서 공을 피하는 경우가 종종 발생했기 때문이다.

예능계에 지후는 긁지 말아야 하는 복권으로 소문이 났지만 CBM의 PD는 자기는 몸을 쓰는 방송이 아니라 괜찮다며 웃으며 지후를 맞이했다.

지후는 마스크 가요왕에서 1라운드에 탈락했다.

그리고 탈락 후에 노래를 부르며 마스크를 벗을 땐 모두가 경악을 할 수밖에 없었다.

마스크를 벗은 사람이 지후라서? 물론 그것도 이유가 되겠지만 지후의 가창력 때문이었다.

탈락 후에 부른 지후의 노래는 역대 그 어떤 가요왕도 상대가 안 될 정도의 엄청난 가창력이었기 때문이다.

지후는 무림에 있을 때 기루에서 노래를 부르는 것을 참 좋아했다. 그리고 그곳에서 음공도 배웠었기에 지후에게 노래는 정말 쉬운 잡기 중 하나였던 것이다.

내공을 이용해서 부르는 노래는 듣는 사람으로 하여금 엄청난 감동을 안겨주었고 그의 폭풍 가창력과 고음은 객석을 눈물바다로 만들어 버렸다.

모두가 불러선 안 되는 고해라는 노래를 자신만의 스타일로 자신의 노래로 완벽하게 소화한 지후였다.

지후는 무림에 있었던 부인과 딸을 생각하며 불렀기에

그 감정마저 내공을 통해 모두에게 전달되었기에 지후의
무대는 상상이상의 무대가 되었다.

제작진은 왜 지후에게 처음부터 이렇게 노래를 하지 않았
냐고 했지만 돌아온 지후의 대답은 그저 황당하기만 했다.

올라가면 앞으로 계속 촬영을 하러 와야 하기에 귀찮다
는 대답이었다.

그 말을 남기고 지후는 자리를 떠났고 그 방송도 지후로
인해서 울고 웃었다.

그나마 지후의 폭풍 가창력으로 인해서 다른 방송국보다
욕은 덜먹었지만 지후의 제대로 된 노래를 한 곡밖에 듣지
못하게 만든 것은 제작진의 무능이라며 제작진을 교체하라
는 글들이 시청자 게시판을 도배했다.

마스크 가요왕의 PD가 까이는 모습을 보면서 예능 PD
들은 절대로 지후를 부르지 않겠다는 다짐을 하고 있었다.
몸을 쓰지 않는 프로그램도 충분히 뿌리 채 뒤흔들고 갈 수
있는 인간이라는 사실을 알 게 되었기 때문이다.

지수는 직접 적으로 욕은 먹지 않았지만 돌아가는 분위
기는 충분히 느끼고 있었다.

그동안 그렇게 잘 해주던 PD들이 자신을 슬금슬금 피했
기 때문이다.

애초에 오빠한테 그런 일들을 부탁했던 자신이 잘못이라
고 자책 아닌 자책을 하면서 다시는 지후와 방송에 출연하
지 않겠다고 다짐하는 지수였다.

◆

박소영 비서가 비장한 표정을 하고는 잠에서 깨어나 모닝 담배를 하고 있는 지후에게 걸어와 지후의 앞에 섰다.

"왜? 난 부른 적 없는데?"

"오… 오빠…. 다음 수련 알려주세요…."

쾅!

지후의 머릿속이 망치로 한 대 맞은 것 같은 굉음이 들리고 있었다.

오… 오빠라고…? 어지간히도 수련이 하고 싶나보네… 하긴… 그 성격에 참 오래 참았지….

"뭐라고? 못 들었어. 다시 말해봐."

"오… 오빠… 다음 수련 알려주세요…."

저 얼굴로… 오빠라고 부르다니… 듣기 좋다… 정말 듣기 좋아….

여기에 지연이만 있었다면… 최고였을 텐데…

뭐… 다시는 볼 수 없는 사람들인데….

"좋아. 다음 수련으로 넘어가지."

"감사합니다."

"말투."

"고… 고마워요… 오… 오빠…."

"그래. 네 자리로 돌아가서 컴퓨터 좀 켜봐."

"컴퓨터는… 왜…요…?"

"두 번 물어보지 말랬지? 그냥 넌 시키는 대로만 해."

"네⋯."

"켰어요⋯."

"그럼 전설대전을 깔아."

"네? 그건 게임이잖아요.?"

"깔아. 그리고 아이디 만들어서 해봐."

"⋯⋯."

"실버등급이 되면 다음 수련으로 넘어가지."

"이게 어떻게 수련입니까! 그냥 게임을 하라는 거지!"

"어허! 말투 봐라. 그새 또 바뀌네. 넌 내가 다 생각이 있
으니까 시키는 거라는 생각은 안 해봤냐? 그냥 닥치고 해."

소영은 며칠간 전설대전과 씨름을 하고 있었지만 소영의
전설대전의 실력에 큰 발전은 없었다.

"아아악! 쾅!"

소영의 비명소리와 책상을 내려치는 소리가 실시간으로
매일 들리고 있었다.

"개새끼!"

"으악! 거기서 네가 들어가면 안 되지! 이 발컨 새끼
야!"

박 비서의 비명과 욕설이 길드장의 사무실을 찾은 팀장
님들에게도 들리고 있었다.

"무슨 일이길래? 박 비서가 저렇게 소리를 지르는지 알
아?"

"아… S팀 팀장님이 새로운 수련을 시키시는 거라던데?"

"진짜? 그게 뭔데? 1팀장 우리도 좀 알려줘 봐. 좋은 건 같이해야지. 원래 박 비서가 1팀장네 팀이었다고 자기들만 알고 있을 건 아니지?"

"나도 자세히는 몰라. 그냥 하도 시끄러워서 몇 번 들여다 본 게 전부야."

"그러니까 그게 뭐냐니까? 치사하게 그러지 말고. 내가 조만간 거하게 한잔 살게!"

쾅!

"뭐야!"

"이거 박 비서 방에서 난 소린데?"

모두 길드장에게 받을 결제는 잊어버리고 박소영이 있는 방을 향해서 달려가고 있었다.

"이… 이게 무슨…."

박소영의 책상은 두 동강이 난 채로 부서져 있었고 바닥엔 모니터가 굴러다니고 있었다.

박소영은 씩씩거리면서 지후가 있는 사무실의 문을 열고 뛰어 들어가고 있었다.

"팀장님! 이게 무슨 수련입니까!"

"오빠라고 부르라고 했지? 그리고 수련이 아니라니 무슨 말이지?"

"지금 저한테 X먹으라는 거 아닙니까? 인내심 테스트도 아니고! 발컨 새끼들은 아무 때나 치고 들어가고! 대체 이게 무슨 수련입니까!"

"잘 아네. 그게 수련이야."

지후의 담담한 목소리에 박소영은 자신이 지후에게 너무 화를 내고 있다는 사실을 알고는 빠르게 화를 가라앉히고 있었다.

"이게 어떻게 수련이라는 말씀이십니까? 도저히 이해가 안 됩니다."

"그냥 하라면 하지. 뭐 그렇게 이해를 바래? 말투는 왜 예전으로 돌아가고? 뭐 설명해줄게."

지후는 입에 담배를 하나 물고는 책상에 다리를 올리고 앉았다.

박 비서를 보러 왔던 다른 팀장들은 지후의 방문 앞에서 숨을 죽이고 지후의 설명을 듣기 위해 귀를 기울이고 있었다.

"후~ 우선 네 입으로 말했잖아. 인내심 테스트냐고. 맞아. 네 인내심 기르기엔 딱이지. 그리고 발컨 새끼들은 아무 때나 치고 들어간다고? 나는 이상하게 던전에서의 누가 생각나네? 상황파악 못하고 낄 때 안 낄 때 구별 못하고 칼질하던 딜러가 있었는데 말이야."

"……"

"게임이 다 도움이 안 되는 게 아니야. 넌 지금 딱 너 같은 발컨이랑 게임을 하지만 정말 잘하는 사람들은 한타 한

195

타에 엄청난 수 싸움이 오고간다고. 그 발컨들이 하는 짓이 딱 현실에서 네가 하는 짓이잖아. 전술도 동료들과의 연계도 무시한 채 지 혼자 날뛰잖아. 랭커들 게임도 봐봐. 그리고 배우려고 해봐. 넌 이 게임을 통해서 인내심과 전장을 보는 시야를 키우라는 거야. 아 지금은 공격을 하면 안 되구나. 지금이 기회구나. 이런 것들을 익히라고. 전설대전만큼 그런 게 완벽한 게임은 없다고."

"……."

"아직도 이해가 안 돼? 내가 너한테 월급주면서 게임이나 하라고 시키는 것 같아? 내가 처음에 너한테 실버등급을 만들라고 했지? 실버는 아무나 가능한 줄 알아? 기본적으로 전장을 보는 눈은 있어야 해. 너한테 게임을 잘하는 컨트롤을 익히라는 게 아니야. 너는 헌터지 게이머가 아니니까. 다만 흐름과 타이밍을 보는 눈을 키우라는 거야. 너 같은 것들을 보면서 그동안 네 팀원들이 얼마나 힘들었을지도 생각하면서 말이야."

"죄송합니다."

"한 번만 말투 그따위로 하면 네가 실버가 되던 골드가 되던 다음 수련은 없다. 이상 나가봐."

박 비서는 지후에게 고개를 숙이고 인사를 한 후에 다시 자신의 사무실로 가고 있었다.

"1팀장…. 전설대전이 그런 게임이었어?"

"글쎄…. 나도 해본 적이 없어서 모르겠는데…."

"그러게. 우리도 해본 적이 없어서…."

"우리 팀은 당장 오늘부터 해봐야겠다. 방금 S팀 팀장님 말씀대로라면 우리도 해서 손해 볼 게 없잖아."

"그렇지. 당장 내려가서 우리 팀원들 집합시켜야겠다."

다들 재빠르게 움직였고 미라클 길드의 사옥에서는 그날을 기점으로 욕설이 난무하는 일이 많이 일어나기 시작했고 초췌한 몰골로 돌아다니는 길드원들이 사옥에 늘어만 갔다.

하지만 전설대전의 효과가 없지는 않았다.

팀원들 간의 팀웍과 몬스터를 공격하는 타이밍은 전보다 훨씬 유기적으로 돌아가고 있었고 공수의 템포 또한 적절해지고 있었기 때문이다.

"정말로 전설대전이 효과가 있다고?"

"네 그렇습니다. 길드장님. 지금 1팀과 4팀, 5팀은 전설대전을 하고 있는데 레이드에서 부상자가 50%이상 줄었습니다."

"이게 S팀 팀장의 아이디어라고?"

"네 그렇습니다. 사실 저희에게 알려준 것은 아니고 팀장님께서 박 비서에게 알려준 것인데 저희가 따라해 본 것입니다."

"뭐 전설대전을 통한 수련법이 퍼져나간 거로 지후가 화내진 않겠지만…. 그런데 정말 효과가 있나?"

"그렇습니다. 탱커와 딜러들의 공수교대 타이밍이 정말 좋아졌습니다. 힐러들한테 오더를 내리지 않아도 제때 힐을 보내는데 정말 효과가 좋습니다."

"이게… 다 전설대전 때문이라고… 겨우 게임 때문에…?"

"겨우 게임이 아닙니다. 그 전설대전이라는 게임에 수많은 전술과 전략이 녹아들어 있습니다. 그리고 한타 싸움과 타이밍 싸움은 레이드에 정말 큰 도움이 됩니다. 요즘은 게이머들의 영상도 찾아보고 있는데 정말 엄청 배우고 있습니다."

"효과는 입증 됐다는 소린데…. 오늘 모든 팀장급에게 연락 돌려. 그리고 벽보도 붙이도록. 우리 길드는 한동안 하루 2시간 이상은 전설대전을 플레이 하도록 한다."

"네. 알겠습니다."

그렇게 지후로 인해서 전설대전은 미라클 길드 전체로 퍼져 나가고 있었다.

지후는 그 모습을 보며 흐뭇한 미소를 짓고 있었다.

'나랑 팀랭을 돌 녀석들이 늘어나는 구나. 이거 분발하라고 응원이라도 해주고 싶은데… 뭐가 좋을까….'

[제 1회 미라클 길드 배 전설대전.]

후원자 : 이지후

참가자격 : 미라클 사옥에서 일하는 모든 사람.

대회 일 : 3월 6일 일요일 오후 1시. (16강전에 오른 개인과

팀만이 참가하실 수 있습니다.)

예선전은 3월 5일 토요일에 진행됩니다.

개인전 우승 상품: 현금 200억. 아이템 – 가시방패

개인전 2등 상품: 현금 50억.

팀전 우승 상품: 현금 500억. 아이템 – 아이스 애로우

팀전 2등 상품: 현금 100억.

가시방패와 아이스 애로우는 모두 일성 길드원들이 지후에게 목숨을 구걸 하며 놓고 갔던 아이템 들이었다. 지후는 딱히 필요가 없었지만 처분하기는 애매한 가격대의 아이템들은 아공간에 가지고 있었기에 이 기회에 상금으로 걸었던 것이다.

지후는 미라클 길드원들이 좀 더 전설대전의 실력을 갈고 닦아 자신과 팀을 짤 실력자들을 찾고 싶었고 이번 대회를 통해 그 일을 할 계획이었다.

모름지기 목표의식이 있다면 실력향상에 큰 도움이 되기에 지후는 현금과 아이템을 걸었고 그건 미라클 길드원들에게 엄청난 목표의식을 불러일으켰다.

전설대전은 게임이기에… 헌터등급과는 관계가 없다. 그리고 사무직이든 낮은 등급의 헌터든 모두에게 공평하다. 오직 자신의 실력만으로 상금과 아이템을 얻을 수 있는 기회였기에 몇몇 팀은 레이드 일정마저 조정하며 전설대전에 매달리기 시작했다.

벽보가 붙고 한 시간 뒤에 지후의 사무실에 문을 박차고

들어오는 한 사람이 있었다.

"야! 너는 너 하나로 모자라서 길드원들을 전부 게임 폐인으로 만들 생각이야!"

"무슨 소리야?"

"네가 지금 전설대전 대회인가 뭔가 한다고 사내 게시판이랑 벽에다가 붙여놨잖아!"

"아…. 그거 다 수련이야. 그리고 수련을 열심히 하는 모습이 보기 좋길래 선물 좀 하려고 대회를 연거지."

"그게 어떻게 수련이야! 그냥 게임이지!"

"누나는 아직 안 해봤나보네? 다른 길드원들은 제대로 효과를 보고 있다던데? 그리고 그 훈련을 채택한 건 매형이지. 내가 아니야. 나는 열심히 하는 길드원들이 기특해서 그냥 선물하나 하려는 것뿐이고."

"그래도 어떻게 게임이 수련이야! 안 그래도 수혁오빠까지 그 폐인짓거리를 하는 게 마음에 안 들었는데!"

"누나야 말로 그 수련이 엄청 필요한 사람인데. 누나 아직 완벽한 힐 타이밍에 힐 못하지? 그럼 전설대전을 해. 해보고 얘기하자고."

으아아! 이 애미애비도 없는 개XX!

전설대전을 하던 박 비서의 욕설이 지후의 사무실에도 들리고 있었다.

"누나도 들었지? 소영이도 열심히 하고 있잖아. 쟤가 납득을 못 했으면 이걸 하고 있을까?"

"하긴…. 소영이가 게임을 저렇게 하고 있을 만한 인물이 아니지…."

"그럼 뭐하고 있어? 당장 가서 ID만들고 시작해. 뭐 누나는 16강에도 못 올라갈 테지만 꾸준히 해봐. 다 도움이 될 거야."

사실 나도 이게 무슨 도움이 되는지는 몰라. 그냥 처음엔 박 비서도 나처럼 전설대전에 중독된다면 레이드타령을 안 할까 하고 시켰던 거거든. 그런데 갑자기 몇몇 인간들이 엄청난 도움이 된다고 하더라고… 그래서 그냥 나도 그렇다고 우긴 거지… 사실 게임은 게임일 뿐이지… 진짜 큰 도움이 됐다면 프로게이머들이 뭐 하러 게이머를 하겠어. 너도 나도 높은 등급의 헌터가 돼서 떼돈 벌었겠지. 뭐 도움이 아주 안 되는 건 아니지만. 다만 원래 알고 있던 걸 깨닫는 정도랄까? 뭐 소영이한테는 실제로 인내심 기르기에는 제격이고 지 잘못도 알게 됐으니 효과가 제대로 있기는 했지만… 다른 사람들한테는 글쎄…. 뭐 잘 커서 나랑 팀랭 돌면 되지.

미라클 길드의 전설대전 훈련법은 대한민국 전역으로 알음알음 퍼져나가기 시작했고 1달이 흘렀을 때는 전 세계적으로 전설대전 훈련이 퍼져 나가고 있었다.

14. 몬스터 웨이브

14. 몬스터 웨이브

지후는 한가롭게 전설대전을 하면서 세월을 낚고 있었다.

"야 너 때문에 요즘 길드원들이 다 게임폐인이 됐잖아. 다들 너처럼 트레이닝복만 입고 눈은 팬더가 되가지고!"

"유행인가보지."

"야! 좀 좋은 걸 유행시켜야지! 뭐 좋은 거라고!"

"누나도 전설대전 해봤을 거 아니야. 하다보면 뭔가 달라지는 게 안 느껴져? 전장의 시야나 전술이라던가."

"거짓말 하지 마! 달라지긴 뭐가 달라져! 뭐 타이밍을 조금 알기는 했지만… 그게 이렇게 폐인이 되면서까지 해야되는 건 아니잖아!"

이상하게 예리한데? 누나가 이렇게 예리한 타입이 아닌데….

"뭐든 열심히 해서 나쁠 건 없지…."

좋을 것도 없지…. 레이드를 안 하면 길드가….

"지금 수혁이 오빠랑 다른 팀들도 다 스케줄 엉망이 되고 길드 꼴이 아주 엉망이란 말이야! 어떻게 할 거야!"

그걸 나한테 따지면 어떡해…. 내가 하라고 한 건 소영이뿐인데….

다음날도 다 다음날도 지현은 출근을 하면 지후의 사무실에 들어와서 잔소리를 했다. 잔소리가 듣기 싫었던 지후는 지현의 기감을 읽고는 은신술로 숨어서 지현이 가기를 기다리는 시간이 늘어갔다.

지금은 태연히 사무실에 내가 없는 걸 확인하더니 내 방으로 들어가 잠을 자면서 방구를 꺼댔다.

모니터까지 은신을 시킬 수 있었다면 은신해서 게임을 할 수도 있었겠지만 지후 본인만이 은신이 가능했기에 지후는 지현이 나갈 때만을 기다리고 있었다.

하지만 이런 일상을 깨 버리는 한 통의 전화가 울렸다.

액정에는 전아영 협회장이 적혀있었다.

"응."

[잘 지내고 있어요?]

"응."

[저는 요즘 너무 바빠서 잘 못 지내요.]

안 물어 봤는데….

"근데 왜 전화했어?"

[뭐 우리사이에 이유가 있어야 통화를 하나요?]

"이 시간에 전화를 걸지는 않았잖아. 용건이 없는 통화는 밤에 했잖아. 지금은 해가 쨍쨍한데? 본론을 빨리 말하지? 나한테 누나소리 듣고 싶어?"

[지후씨한테 누나 소리는 듣고 싶지 않네요. 지후씨는 누나라고 하는 순간 여자로 안 본다면서요….]

"그러니까 본론을 말 하라고."

[어젯밤부터 전국적으로 웨이브가 발생하기 시작했어요.]

"전국적으로?"

[네. 그런데 저희뿐 아니라 지금 20개 국가 정도에도 똑같은 현상이 벌어지고 있어요.]

"세계적인 현상이란 거네. 그래서 몇 급이 터졌는데?"

[지금은 F급 던전들이 터지고 있어요.]

"F급? 다른 나라들은?"

[저희와 같아요.]

"F급 던전 웨이브 정도면 군대나 헌터들이 나서면 금방 제압가능 하겠네."

[네, 하지만 아직 명확한 정보를 알고 있는 게 없어요. 이게 F급으로만 끝날지 말지는… 아직 알 수 없어요. 그래서 지후님도 알고 계시라고 전화를 드린 거예요.]

"알았어. 끊어."

전국적으로 던전이 터진다고? 그리고 우리나라뿐만이 아니라 다른 나라도? F급만이 아니라 다른 등급의 던전이 터지기 시작하면 위험해 지는데… 아니길 빌어야지….

그런데 전화를 받고 나니까 기분이 뭐랄까…. 밖에 나왔는데 가스를 잠갔는지 안 잠갔는지 헷갈려서 집으로 다시 돌아가야 하나 말아야 하나 하는 찝찝함이랄까?

영 찝찝하단 말이지….

전화를 끊자 누나는 당황한 듯이 나를 바라보고 있었다.

"너 언제부터 있었어?"

"누나가 방귀 뀔 때부터."

사실 원래 있었어.

"야…. 그럼 깨우지…."

"시원하게 빡 빡 끼라고 내버려 뒀지. 이따가 화장실 가면 똥 묻었나 확인해봐."

"수혁 오빠한테는 비밀로 해 줘."

"알았어. 환기는 하고 나가."

내가 아무럼 누나의 치부인 이런 거나 말하고 다닐까?

할 거다. 곧.

매형도 가족이 될 사람인데 알아야지.

이틀이 흐르고 지후의 사무실에는 대통령과 총리 그리고 육군, 해군, 공군 참모총장과 특수전 사령관과 전아영 협회장과 수혁, 그리고 새로운 10대 길드의 마스터들이 모여 있었다.

"왜 다들 여기로 오고 그래?"

"지후님에게 와달라고 할 수는 없으니 저희가 직접 왔습니다."

"그래? 그건 잘 했어. 대통령이라도 나한테 오라 가라 그러면 짜증나지."

지후의 말에 대통령은 속으로 한 숨을 쉬고 있었다.

예전보다 지지율은 약간 올라갔지만 지후로 인해서 체면은 바닥으로 추락했기 때문이다.

지후를 만나기 위해 지후의 사무실로 오면서 다들 속으로는 이 말도 안 되는 상황을 욕하고 있었지만 그 누구도 내색을 하지는 않았다.

전아영 협회장이 자리에서 일어서며 브리핑이 시작되었다.

"지금 저희 대한민국은 E급 웨이브가 진행 중입니다. 하지만 이틀내로 D급 웨이브가 진행될 것 같습니다."

"D급?"

"그렇습니다. 지금 시원중인 헌터들과 동원된 군으로 막는 것은 E급이 한계라고 보고 있습니다. 지금도 피해가 생기고 있는데 D급 웨이브가 전국적으로 터진다면 최악의 상황이 발생할 수도 있습니다. 아무래도 모든 헌터들을 강제소집해야 할 것 같습니다."

"강제소집이요?"

"그렇습니다. D급에서 막아내지 못하고 C급 웨이브가 시작된다면 저희의 땅에 폭격을 가해야 할지도 모릅니다."

"폭격이라니요? 협회장! 그렇게 되면 피해는 어떻게 할 생각입니까! 폭격은 안 됩니다!"

전아영 협회장의 폭격 발언에 공군참모총장이 반대의견을 내밀고 있었다.

"그런 상황이 오지 않게 하기 위해서 모든 헌터를 강제소집 하겠다는 것입니다."

"잠깐. 그럼 다른 나라들은 어떻게 하고 있는데? 이거 우리나라말고도 다 일어났다며."

"우선 미국은 지금 C급 웨이브가 진행 중입니다."

"C급이라고?"

"네. 그렇습니다. 미국은 애초에 낮은 등급의 던전들을 대부분 클리어 해놓은 상황이라서 진행속도가 굉장히 빠릅니다. 그리고 지금 웨이브가 가장 느리게 진행되는 곳은 영국입니다."

"영국? 영국은 왜?"

"거긴 미국과 반대로 낮은 등급의 던전은 많지만 높은 던전이 별로 없습니다. 다만 영국은 지금 필사적인 입장입니다. 몇 달 전에 영국에 2성 공명던전이 생겼습니다. 그래서 지금 영국은 최악의 상황을 가정하고 모든 헌터를 강제소집해서 막아내고 있는 상황입니다."

"공명던전? 영국도 운이 없네. 공명던전이 2번이나 생기다니. 다른 나라 중에 공명던전이 또 있는 곳이 있나?"

"일본에 3성 공명던전이 있습니다. 지금 영국과 일본 말고는 확인된 공명던전은 없습니다."

"안 그래도 일본에서 지후님을 제발 보내달라고 요청이…."

"대통령님… 설마 여기에 온 이유가 일본을 도와줘라 뭐 그런 건 아니시죠?"

"아… 아닙니다."

"그래야죠. 난 혹시나 하고 물어봤어요. 너무 기회를 보다 말을 꺼낸 것처럼 타이밍이 딱 이길래. 자국에 웨이브가 벌어지는 상태에서 다른 나라를 돕다니 미친 짓이죠. 뭐 그 얘기를 꺼내는 새끼 있으면 친일판지 아닌지 일본에서 혹시 뭐 받아 처먹은 게 있는지 없는지 확실하게 조사해요."

"네…. 그러도록 하겠습니다."

"그래서 나머지 나라들은?"

"우리와 비슷한 상황입니다. 그런데 요즘 한 가지 이상한점이 목격되고 있습니다."

"뭔데?"

"최근에 던전 앞을 지키고 있넌 D급 헌터들이 몰살을 당한 직이 있습니다. 그리고 그들은 마지막 무전에서 악마가 나타났다는 말을 했습니다. CCTV를 뒤져보니 희미하지만 그 악마를 찾을 수 있었습니다. 키는 2M정도에 검은 갑옷을 입고 있고 눈동자만이 붉게 빛났습니다. 그가 휘두르는 대검에 속수무책으로 헌터들이 당했습니다. 그리고 웨이브가 일어나는 던전에는 언제나 그 악마라 불리는 녀석이 나타나고 있었습니다."

뭐지…. 헌터? 몬스터? 그런 몬스터는 딱히 들어본 적이 없는데…. 누군가 인위적으로 웨이브를 터뜨린다?

한참 회의를 진행하는 중에 지후의 전화기가 울리고 있었다.

액정을 확인한 지후는 바로 전화를 받았다.

"형 웬일이야?"

[오랜만에 자네 목소리가 듣고 싶어서 전화했다네. 그리고 해 줄 얘기도 있고.]

"무슨 얘기?"

[요즘 일어나는 웨이브 현상 말이네.]

"아~ 혹시 형네 나라도 웨이브가 일어났어?"

[사우디는 아무 일도 일어나지 않았다네. 다만 근처 나라에서 웨이브가 일어나서 도와주고 있지. 자네도 바쁠 테니 안부는 나중에 묻기로 하고 정보만 알려주겠네. 이번에 일어난 웨이브는 몬스터의 소행이라네.]

"몬스터라니? 몬스터가 어떻게 웨이브를 일으켜?"

[이번에 웨이브가 일어난 국가들에는 전부 그 몬스터가 한 놈씩 나타났다고 보면 되네. 그 몬스터가 웨이브를 일으

키는 거지. 그 몬스터는 A+등급이라네.]

"에이 플러스…?"

[공명던전은 원래 A급 던전이 터져서 A+급의 몬스터가 됐다면 이번 녀석은 A+급의 몬스터가 나와서 준S급의 힘을 낸다고 보면 되네.]

"준 S급이 20놈이나 된다는 거야…? 그런데 그런 등급의 던전이 언제 나타난 건데?"

[그것까지는 우리도 모른다네. 다만 우리의 추측으론 그냥 생성되자마자 보스몬스터만 나오고 닫혔다고 보고 있네. 그리고 그 보스몬스터는 웨이브를 일으킬 수 있고 몬스터를 부릴 수 있다네. 공명던전의 보스몬스터가 몬스터들을 지휘한다는 사실은 알고 있지 않나? 이번 녀석은 더욱 지휘력이 높다고 보면 된다네. 웨이브의 순서는 그 나라에 있는 F급 던전을 전부 터뜨린다면 E급이 터지고 그런 식으로 순서대로 터진다고 보면 된다네.]

"그럼 결국 그놈을 잡아야 웨이브가 끝난다는 거야?"

[우리는 그렇게 생각하고 있네.]

형은 대체 어떻게 이것들을 다 알고 있는 거지? 확신에 찬 목소린데… 생각이라고?

하긴 대부분이 우리도 짐작했던 내용이니까… 그렇지만 묘하게 찜찜해… 오마바기 했던 말 때문인가…?

[바쁠 텐데 너무 통화를 오래 했군. 이만 끊겠네. 무운을 빌도록 하지.]

"응. 형도 수고해."

지후는 통화내용을 설명했고 준S급 몬스터의 등장소식에 모두들 사색이 되어갔다.

"일단 지금 이시간부로 모든 군인을 던전 앞으로 배치하세요. 헌터들은 E급 이상은 소집령을 내리시고요. 길드별로 아직 터지지 않은 낮은 등급의 던전을 중심으로 자리를 잡으세요. 그리고 준S급이 나타나면 직접적인 전투는 피하고 저한테 전화하세요. 저는 보스몬스터와의 싸움에 집중을 하도록 하겠습니다. 그러니 지휘는 전아영 협회장이 하도록 하세요."

"네."

두 시간 후 뉴스특보를 통해서 대한민국의 국민들은 경악할 만한 소식을 접했다.

[뉴스특보입니다. 지금부터 국민여러분께서는 외출을 삼가 주시면 감사하겠습니다. 상황이 끝나기 전까지 대피소나 자택에서 뉴스를 확인하시길 권고해 드리겠습니다.]

1주일이 지난 지금 결국 D급 웨이브까지 상황은 악화됐고

쾅!

"박과장! 왜 아직까지 제대로 된 소식이 없는 거야!"

"그게… 몬스터들이 너무나 영악합니다. 동시다발적으로 몬스터들이 던전 쪽으로 쳐들어오고 있습니다. 그래서 어느 쪽이라고 판단을 할 수 없습니다. 이쪽이라고 생각하고 지후님에게 연락을 드리면 다른 쪽에서 보스몬스터가 나타나는 일이 계속 벌어지고 있습니다. 그리고 지금은 쉬지 않고 몰려드는 몬스터들 때문에 막아내는 것만으로도 너무 피해가 커지고 있습니다. 군인 중에는 사상자가 천명 헌터들 중에서는 삼백을 넘어가고 있습니다."

"젠장…. 그렇다면 왜 E급 던전이 안 터진 게 5개나 남아 있었는데 D급 던전이 먼저 터진 거지?"

"모르겠습니다…. 저희들의 생각으로는 남은 던전이 5개 정도가 남아있을 때 상위 던전을 터뜨릴 수 있다고 보는 것 밖에는 방법이 없습니다."

하…. 대체 보스몬스터를 어떻게 잡아야 하지… 정말 박 과장의 말대로라면 일이 더 복잡해지는데… 지난번처럼 병력을 남은 던전에 모아놔도 의미가 없다는 소린데… 어떻게 해야 하지….

전아영 협회장은 이번 몬스터 웨이브의 총지휘를 맡고 있었기에 낯빛이 하루하루 초췌해져만 가고 있었다.

찾는다고 해도 준S급 몬스터를 어떻게 상대해야 히니 머리가 복잡한데 희생은 희생대로 늘어가면서 제대로 꼬리조차 잡고 있지 못하니 답답함만 커져가고 있었다.

◇

집이나 대피소에만 있다 보니 국민들의 불안은 점점 극에 달하고 있었다.

집안에 있던 식량은 줄어만 갔고 대피소들에 보급되는 식량 또한 초반처럼 여유롭지 않았다.

전국적으로 일어난 웨이브로 인해서 유통이 쉽지 않았기 때문이다.

집안에 식량이 떨어지기 시작하자 결국 우려하던 일이 벌어졌다. 국민들은 식량을 구하기 위해서 집밖으로 나오기 시작했고 사상자는 순식간에 엄청 늘어만 갔다.

이런 상황은 결국 폭동으로 이어졌고 국민들의 불똥은 엉뚱하게도 지후와 미라클 길드로 튀었다.

오늘도 허탕을 치고 사무실로 돌아오던 지후를 미라클 길드의 사옥 앞에 농성을 하고 있던 사람들이 막아서고 있었다.

이상하게도 시위나 폭동은 미라클 길드로 이어지고 있었다.

지금 전국적으로 몬스터들이 돌아다니다 보니 안전한 곳이 없었다.

하지만 미라클 길드의 사옥 앞은 교대로 미라클 길드원들이 지키고 있다 보니 몬스터가 돌아다니지 않았기에 그곳에서 시위가 벌어지고 있었던 것이다.

왜 미라클 길드에는 길드원들이 남아서 사옥을 지키냐고?

미라클 길드의 사옥이 총본부의 역할을 하고 있었기 때문이다.

언론사들은 지후를 직접적으로 취재를 하지는 않았지만 시위중인 시민들을 찍는다며 길드의 사옥 앞에서 촬영을 하고 있었다.

"이지후다!"

"저기 이지후가 있다!"

"막아!"

"빨리 몬스터들을 잡지 않고 왜 사옥에 들어가려는 거야!"

"나가서 싸워!"

간간히 들려오는 욕설과 막아서고 있는 사람들로 인해서 지후는 짜증이 났다.

자신 또한 웨이브가 터진 후부터는 잠시 게임을 내려놓았다.

그리고 빨리 이 일을 마무리하기 위해 허탕을 칠걸 알면서도 연락이 오면 출동했고 보이는 족족 몬스터를 죽이고 있었기 때문이다.

"너만 지금 안전한 곳에서 잘 먹고 잘 자면 다야! 빨리 니가서 몬스터를 잡아!"

지후를 향해서 물병이 날아들었고 지후는 고개를 까딱이면서 물병을 피했다.

"빨리 해결해! 이러다가 굶어 죽겠어!"

"맞아! 난 하루 벌어 하루 먹고 산다고! 너처럼 돈이 넘쳐 나는 사람이 아니라고! 빨리 이 일을 해결하란 말이야!"

평소의 지후였다면 모두 모가지를 따버린다고 협박했거 나 살기를 뿌렸겠지만 지후는 이곳에 있는 시민들과 싸우 고 싶은 생각은 없었다.

약간이나마 저들의 심정을 이해는 하고 있었기 때문이 다.

저들도 절박하기에 살길을 찾고자 이곳에 왔다는 사실을 알고 있었기 때문이다.

하지만 저렇게 해서 무엇을 얻을 수 있다는 말인가. 적어 도 이런 식으로 시위를 해서 헌터들의 사기를 떨어뜨려서 는 안 된다는 생각이 들고 있는 지후였다.

쾅!

지후는 진각을 밟아 이목을 집중시켰다.

지후가 만든 크레이터로 인해서 떠들던 사람들은 더 이 상 말을 하지 않았다.

"잘 들어! 지금 너희들은 뭘 하고 있는 거지? 내가 신인 가? 너희의 구세주라도 된다고 생각하나?"

"당신은 강하지 않습니까! 헌터라면 우리를 지켜줘야 하 지 않습니까!"

"너희는 헌터가 너희를 지키는 도구라고 생각하나? 헌터 들도 인간이야. 모두 인권이 있고 너희와 똑같이 몬스터가 무섭고 두렵지. 그리고 헌터는 너희들을 지켜야 할 의무는 없어."

"그게 무슨 말도 안 되는 소리야! 헌터들은 돈을 많이 벌고 혜택도 많이 받잖아!"

"돈을 많이 벌고 혜택을 많이 받는다고? 그 혜택이 아깝나? 그럼 주지 마. 아마 헌터들은 외국에 나가서 잘 살 걸? 그리고 돈을 많이 번다고? 그게 다 목숨 값이라는 생각은 안하나? 그리고 헌터들이 목숨 값을 벌어야 너희가 안전해지지."

"하지만…."

"그런데 돈을 많이 벌면 뭐해? 어차피 죽으면 끝인데. 대체 헌터들이 너희를 지켜줘야 하는 이유가 뭐지? 단지 돈을 많이 벌어서? 너희보다 힘이 세서? 헌터는 경찰이나 군인이랑 달라. 너희들이 낸 세금으로 월급을 받는 게 아니라고. 너희들에게 강제당할 이유가 없어. 헌터도 너희와 같은 국민 중 하나라고. 헌터들도 너희처럼 똑같이 세금을 낸다. 너희보다 더 냈으면 더 냈겠지. 혹시 이 자리에 있는 사람들 중에 가족 중에서 헌터가 있는 사람이 있나? 없겠지. 있다면 이 자리에 절대로 나오지 못했을 거야. 헌터들의 가족들은 제발 자신의 가족이 살아 돌아오기만을 기도하고 있을 테니까. 너희들이 헌터들에게 헌터라는 이유 하나만으로 사지로 몰아넣을 이유가 없단 말이야! 너희는 헌터들을 대신해서 죽어줄 건가? 왜 헌터들에게 너희를 대신해서 죽으라고 강요하지? 너희는 왜 헌터들의 희생은 모르지? 그들도 가족이 있고 같이 있고 싶은 사람들이 있어. 그걸 다 포기하고 지금 몬스터들과 싸우고 있단 말이야. 그런데 너희가 지금 지친 헌터들을 제대로 쉬지도 못하게 시위나 하고 있어? 그들에게 선택을 강요하지 마. 다들 필사적으로 이 웨이브를 막기 위해서 노력중이니까. 너희에게 나가서 싸우라고는 하지 않겠어. 하지만 방해는 하지 마."

지후의 말은 생방송으로 방송되었고 결국 국민들은 고개를 숙일 수밖에 없었다.

헌터들이라고 몬스터가 무섭지 않겠는가. 지금 자신들을 위해 싸워주고 있는 게 누구인가? 바로 헌터들인 것이다.

그런데 그런 헌터들을 욕했다는 생각에 국민들은 스스로가 부끄러워져서 고개를 들 수가 없었다.

시위의 불길은 빠르게 식었고 대부분의 사람들이 대피소나 집안에 안전히 있는 것을 택했다.

괜히 밖으로 나가서 헌터들을 더 힘들게 할 수는 없다는 생각이 들었기 때문이다.

"지후씨. 고마워요."

"뭐가?"

"지후씨의 말 덕분에 그나마 시위나 국민들은 잠잠해 졌어요. 이대로 됐다면 큰 일이 났을 텐데."

"어차피 이것도 임시야. 시간이 더 흐른다면 막을 수 없겠지."

"네… 그전에 일이 끝나야 할 텐데요….'

"이런 상황 정말 짜증나네….'

"네?"

"아니야."

순간 속마음이 튀어나왔네… 전설대전을 못했더니 자꾸 배경음악이 들리고 손이 떨리네…,

자꾸 머릿속으로 전설대전을 하는 시간이 늘어가고 있고….

쉐도우 게이밍이라니… 나도 미친놈 다 됐군… 앞으로 좀 줄이긴 해야겠어.

지후는 사무실에 앉아 기감을 퍼뜨리며 명상을 시작했다.

기감을 퍼뜨려서 보스몬스터를 찾고 있었던 것이다.

지후는 100km 정도의 거리까지는 기감을 퍼뜨리지만 그 이상은 하려면 할 수는 있지만 하지 않았다.

내공 소모와 기감에 느껴지는 것들을 일일이 확인하려면 들어가는 정신력이 상당했기 때문이다.

고리의 팔찌 덕에 내공을 채울 수는 있지만 정신력이라는 건 채울 수 없기 때문에 컨디션을 유지하기 위해서는 100km가 적당했다.

만약 보스몬스터를 찾는다고 해도 준S급의 몬스터와는 싸워본 적이 없기에 정신력을 무리해 사용해서는 절대로 안 되는 일이었다.

화경급 무인들의 승부에서도 아주 사소한 빈틈하나로 승부가 갈리는 경우가 많았기 때문이다.

◇

그 시각 대부분의 헌터들은 남은 D급 던전 7개에 대부분 몰려있었다.

두 곳만 더 뚫리면 C급 웨이브가 시작될지도 모른다는 얘기에 다들 필사적으로 몬스터를 막기 위해 혈안이 되어 있었다.

지금 이 곳도 방어만은 대한민국의 최고라는 10대 길드 중 한 곳인 철벽길드가 막아서고 있었지만 밀려드는 몬스터로 인해서 쉽지 않은 상황의 연속이었다.

"막아!"

"빨리 힐!"

"탱커들 뭐해! 지금 진형 무너지는 거 안 보여?!"

"너무 많습니다! 지금 힐러들도 대부분 리타이어해서 힐도 안 들어오고 있습니다. 생존기 스킬이 없는 탱커들 대부분도 지금 죽기 직전입니다!"

"그래도 막아야 될 거 아냐! 이 지역은 뚫리면 안 돼! 여기를 못 지키면 이제 C급 웨이브가 터진다고! 군은 왜 이렇게 지원이 안와!"

"군은 지금 뒤쪽에서도 교전중입니다. 군도 고립되어

저희를 도울 수 있는 상황이 아닙니다. 몬스터들이 지금 양쪽에서 밀고 들어오고 있습니다."

"양동작전이라니…. 몬스터가 지능이 있어봐야 얼마나 대단하다고 생각했는데… 너무 방심했어…. 낮은 등급의 몬스터도 모이니까 정말 감당이 안 되는군…. 이대로 끝인 건가…."

철벽길드의 길드장인 강석호는 자신이 몬스터들을 너무 우습게 봤다는 생각에 자책에 빠지고 있었다.

와아아!

"지금 미라클 길드의 지원이 거의 다 도착 했습니다!"

"미라클 길드라고?"

"그렇습니다. 지금 군이 있는 쪽의 몬스터를 섬멸하며 이쪽으로 오고 있다고 합니다."

"다행이군. 정말 다행이야! 모두 잘 들어! 좀만 버티면 미라클 길드의 지원이 온다. 우리는 지원이 도착하기 전까지 어떻게든 이곳을 지킨다. 알았나!?"

"네!"

길드원들의 우렁찬 대답과 미라클 길드의 지원 소식은 포기하고 있던 철벽 길드의 길드원들의 사기를 올려놓았다.

쾅! 쾅쾅쾅!

펑펑! 펑펑펑펑!

스킬의 폭발음과 대포소리가 난무하는 현장에는 미라클

길드원들이 있었다.

"길드장님! 어서 올라가시지요!"

"여기는 어떻게 하고!"

"여기는 6팀부터 10팀이 막겠습니다. 1팀에서 5팀은 어서 철벽길드 쪽으로 지원을 가주셔야 할 것 같습니다. 지금 그쪽도 대부분 리타이어해서 무너지기 직전이라고 합니다!"

"젠장. 1팀에서 5팀은 모두 위쪽으로 올라간다! 모두 다치지 마라!"

"당연한 말씀을. 길드장님 쓸데없는 걱정하지 마시고 빨리 올라가시기나 하세요."

수혁을 중심으로 1팀부터 5팀은 빠르게 철벽길드가 있는 쪽으로 향했고 철벽길드원들을 만날 수 있었다.

철벽 길드원들의 모습은 처참했다.

하지만 너무나 멋있었고 그 모습을 보는 미라클 길드원들은 전율을 느끼고 있었다.

이곳이 뚫리더라도 머라고 할 사람이 없었고 누구도 목숨까지 걸라고 하지는 않았는데 철벽 길드원들은 전신을 피로 물들인 채 악을 쓰며 힘겹게 몬스터들의 발을 붙잡아 놓고 있었다.

"미라클 길드입니다. 지금부턴 저희가 막겠습니다. 조금이라도 쉬세요!"

"하아 하아. 감사합니다. 꼭 막아주십시오."

"철벽 길드원들의 피를 헛되게 하지 않겠습니다. 전원 돌격한다! 그동안 배운 타이밍과 팀웍을 잘 기억해!"

수혁은 제일 앞으로 도끼를 휘두르며 달려가고 있었고 지후에게 배운 보법을 이용해서 몬스터들의 공격을 피하며 계속 도끼질을 하고 있었다.

수혁의 공격에 적중당한 몬스터들은 움직임이 둔해지기에 수혁은 자신이 직접 몬스터를 끝내지는 않고 그저 많은 몬스터에게 공격을 적중시키는 데 집중했다.

마무리는 다른 길드원들이 해도 상관없다.

수혁은 길드원들이 마무리를 하기 쉽게 양념을 치는 역할을 맡았고 그 역할을 120% 충실하게 이행하고 있었다.

"우와 우리 길드장님 아주 날아다니시네."

"그러게. S팀 팀장님이 가족이라고 특훈 시켰다더니 움직임이 예전이랑은 천지차이야."

"난 사실 갑자기 제대로 된 딜탱을 하신다고 했을 때 속으로 우리 길드장님이 '산으로 가시는 구나' 했는데 그게 아니었네."

"이번 웨이브 끝나면 단체로 S팀 팀장님한테 졸라 볼래? 우리도 S팀 팀장님이 훈련 좀 시켜주면 지금보다 훨씬 강해질 텐데…."

"그런 귀찮은 일을 하실까?"

"하긴…."

"뭐해! 지금 잡담할 때야! 빨리 빨리 움직여!"

미라클 길드원들의 레이드는 매우 효과적이었고 몬스터들의 공격을 순조롭게 막아내었다.

수혁이 양념을 친 후에 이어지는 길드원들의 공격은 정말 환상적인 호흡이었고 누구나 쓸데없는 공격이나 낭비가 없었다.

미라클 길드의 레이드를 본 철벽길드는 그동안 소문으로는 들었지만 시행하지 않았던 전설대전 훈련을 웨이브가 끝난 후부터 본격적으로 시작하게 되었다.

◆

미라클 길드가 지원을 나왔던 연희동의 D급 던전은 막아냈지만 수원과 광주에 있는 던전은 결국 웨이브를 막지 못했고 대한민국엔 C급 몬스터 웨이브가 시작되었다.

"젠장… 결국 C급까지 터져버린 건가…. 보스몬스턴지는 왜 이렇게 찾기가 힘든 거야!"

전아영 협회장은 며칠째 잠도 제대로 자지 못하고 있어서 굉장히 예민한 상태였고 이렇다 할 대책을 마련하지 못한 채 웨이브가 계속 터지다 보니까 답답함을 느끼고 있었다.

"그게…. 보스몬스터가 몬스터의 가죽을 입고 움직인다는 설도 들리고 있습니다."

"채이사. 그게 사실이야?"

"네. 일단은 소문이지만 꽤 신빙성이 있습니다. 한동안은 CCTV에도 잡히지 않고 있는데 웨이브는 계속 터지고 있으니 말입니다. 그리고 그 악마가 들던 검을 들고 있는 몬스터는 CCTV에 잡혔습니다. 영상을 봤을 때 움직임이 아무리 봐도 D급 몬스터가 낼 수 있는 움직임이 아니었습니다."

"그렇다면…. 더 찾기 힘들다는 소린데…. 비슷한 무기는 몬스터들도 충분히 많이 들고 있고…"

"일단 저희가 던전마다 CCTV와 드론들의 수를 늘려놓았고 영상분석 팀을 확충했으니 조금만 기다려 주셨으면 합니다. 그리고 협회장님도 조금이라도 주무시는 게 어떠신지…. 이대로라면 협회장님이 먼저 쓰러지십니다."

"나는 괜찮아. 그런데 다른 나라들의 동향은 어때?"

"몇몇 국가는 보스몬스터와 조우를 하긴 했는데…. 대부분이 전멸입니다. 미국은 전멸은 면했지만 상당한 타격을 입었습니다. 하지만 놓치지 않고 계속 추적중이고… 중국은 그냥 헌터들을 끊임없이 보스몬스터한테 갖다 주고 있습니다."

"미친놈들… 사람 생명을…."

"중국은 원래 그런 나라이다 보니 저희가 뭐라고 힐 게 없습니다. 그리고 8개 국가는 현재 보스몬스터의 위치를 대략이나마 알아서 쫓고 있습니다. 그 외에는 저희와 비슷한 상황입니다."

"우리는 위치조차 파악을 못하고 있으니…. 가장 뒤쳐졌다고 봐야겠네."

"그렇지만… 희생자 수나 피해상황은 저희 대한민국이 가장 적습니다."

"그나마 위로가 되네… 그래도 위치라도 대략 알아야 지후씨가 나설 수 있을 텐데."

"협회장님!"

박과장은 전아영 협회장을 향해 소리를 지르며 달려오고 있었다.

"왜 무슨 일인데 그렇게 소리를 질러요. 요즘 잠을 못자서 골 울리니까 조용히 좀 말해주실래요?"

"헉. 헉. 헉."

"무슨 급한 일이 터졌기에 그렇게 달려와요?"

"찾았습니다. 협회장님."

"찾긴 뭘 찾았단 말이에요? 알아듣게 설명 좀 해주실래요?"

"보스몬스터를 찾았습니다. 지금 가평 쪽에 있습니다."

"지… 지금 당장 가평 근처에 있는 헌터들한테 위치 전송하세요. 공군도 연락해서 놓치지 말라고 하시고요. 당장 미라클 길드와 지후씨에게도 알리세요."

"이미 다 알렸습니다."

"이지후 헌터는 소식을 듣자마자 그냥 주변 좌표를 검색하시더니 워프로 이동하셨습니다."

"워프요? 제대로 된 좌표가 아니라면 워프한 곳에 뭐가 있을지 모르는데…."

"이지후씨라면 괜찮을 겁니다."

"저도 출발하겠어요. 빨리 헬기 띄울 준비하라고 하세요."

지후는 대충 입력한 좌표를 이용해 워프로 가평에 도착했고 도착한 곳이 상공이었지만 경공을 이용해서 무리 없이 착륙했다. 그리고 기감을 펼치자 유난히 강한 기감이 하나 잡혔고 지후는 그게 보스몬스터라는 사실을 느낄 수 있었다.

바로 경공을 이용해서 몬스터가 있는 장소로 달리기 시작했지만 보스몬스터도 지후를 느낀 건지 몬스터들을 지휘해서 지후를 막아서기 시작했다.

으드득.

멀리에 있는 보스몬스터를 바라보며 지후는 이를 갈며 주먹을 움켜쥐고 있었다.

'개자식. 절대 안 놓친다. 내가 너 때문에 요즘 전설대전을 못하고 있단 말이시. 그런데 저 자식 설마 다른 몬스터를 옷으로 입고 있는 거야? 그동안 못 찾을 법도 하네. 몬스터가 뭐 저렇게 똑똑해.'

몬스터들과 헌터들은 뒤엉켜서 서로를 죽이려고 안간힘을 쓰고 있었고 주변은 불바다가 되어가고 있었다.

하지만 곧 지원이 온다는 말에 헌터들은 어떻게든 뚫리지 않으려고 몬스터들을 막아내고 있었다.

보스몬스터로 보이는 몬스터가 공격을 멈추고 어딘가를 바라보자 그 곳엔 한 남자가 서있었고 헌터들은 그 남자를 보고는 이곳을 막을 수 있다는 희망이 샘솟기 시작했다.

"저기 이지후 헌터가 왔다!"

"다들 조금만 버텨!"

와아아아!

멀리서 지후를 본 헌터들은 지후의 등장만으로도 사기가 많이 올라갔지만 지후가 보기에는 상황이 그렇게 좋지 않았다.

몬스터를 막는다면 보스몬스터를 놓칠 것이고 보스몬스터를 막는다면 다른 몬스터들에게 이곳을 막고

있던 헌터들이 몰살당할 수도 있기 때문이다.

치익 치익.

지후의 귀에 꼽혀있는 무전기에서 무전이 울리고 있었다.

[지후씨. 지금 몬스터들이 지후씨가 있는 곳으로 몰려가고 있어요. 아무래도 보스몬스터가 부르는 것 같아요.]

"얼마나?"

[주변에 있던 몬스터들은 다 몰려가고 있다고 보시면 되세요. 지금 영상 분석에 따르면 5천은 넘어 보인다고…. 그리고 다른 곳에서 웨이브를 일으키던 몬스터들도 다 가평 방향으로 움직이기 시작했다고 해요.]

나 혼자 저걸 다 막기는 무린데… 그 녀석들을 상대하고 있다가는 보스몬스터를 놓친다.

또다시 숨바꼭질은 사양인데….

"지원은?"

[지금 미라클 길드원들이 헬기를 타고 이동 중이에요. 그리고 다른 지역에 있는 헌터들도 공군의 협조를 받아 출발할 거예요.]

"어느 세월에? 그냥 공군한테 폭격하라고 해."

[그게… 가평에 펜션 주인들이…. 대부분 대피를 안 해서… 폭격을 하면 그 사람들이 위험해 져요.]

"장난해? 왜 대피소에 안가고 있는 건데? 집에 있던 사람들도 대부분 대피소로 옮기라고 방송 했잖아! 하여간 우리나라 인간들은 말로 하면 들어 처먹질 않아."

[펜션주인들이… 자신들의 생계라고…. 몬스터가 오면 직접 지킨다면서 대부분 남았다고 해요….]

시발…. 진짜 그놈의 돈이 뭐라고… 목숨을 걸어… 죽으면 갖고 가지도 못하는데.

"그럼 대충 없는 곳에는 폭격이든 기관총이든 쏘라고 해. 접근이라도 막던가 해! 더 몰려오면 나도 딱히 방법이 없어."

231

[네.]

지후는 보스몬스터와 몰려드는 몬스터를 보면서 끝도 없이 달려들던 마교도들이 생각났다.

'빌어먹을 몬스터 새끼들… 죽을 자린지도 모르고 달려드네… 일단 큰 거 한방으로 최대한 줄인다.'

지후는 천왕신공을 운용하며 기운을 개방했고 주변으로 금빛 강기들이 떠오르고 있었다.

"처먹어!"

지후의 손이 휘둘러지자 금빛 강기는 몬스터들을 향해 날아갔고 엄청난 폭음이 일어나기 시작했다.

콰아아아아아아앙! 쾅쾅쾅!

지후는 빠르게 고리의 팔찌에 있는 내공을 흡수하며 내공을 채우고 있었다.

흙먼지가 걷히자 보스몬스터가 입고 있던 몬스터 옷은 사라져 있었지만 딱히 타격은 없어보였다.

주변의 몬스터들로 고기방패를 만들어서 자신을 보호했기 때문이다.

그리고 죽은 몬스터는 몰려드는 다른 몬스터들로 인해서 대체되고 있었다.

그동안 CCTV로 봤던 보스몬스터지만 실제로 보는 놈의 위압감은 생각이상이었다.

칠흑 같은 갑주가 빈틈없이 전신을 덮고 있었고 붉은 안광과 붉은 검에서는 지독한 살기가 느껴지고 있었다.

"젠장⋯."

지후는 백보신권을 날리며 몬스터의 수를 줄이며 보스몬스터에게로 향했지만 번번이 몰려드는 몬스터들에게 막히고 있었다.

그렇다고 내공을 낭비해서는 안 되는 상황이었다.

보스몬스터가 생각보다 훨씬 영악했고 느껴지는 마력의 양이 정말로 갓 화경에 오른 무인 급이라고 해도 믿어질 정도로 느껴졌고 직접 싸워보지 않아 어느 정도의 실력인지는 알 수 없었기 때문이다.

그래서 지금 지후는 내공을 최대한 아껴가며 싸우고 있었다.

"거기 헌터들! 잔챙이들 좀 맡아. 곧 지원 온다니까 조금만 버텨! 이대로라면 저기 있는 보스를 놓쳐!"

지후가 공격을 하자 잠시 쉬고 있던 헌터들은 들려오는 지후의 말에 다시 몬스터들에게 달려들고 있었다.

지후는 오늘 어그로를 끌지 않았음에도 보스몬스터의 지휘로 인해서 몬스터들은 계속 지후만을 노렸고 다른 헌터들은 지후에게 몰려드는 몬스터를 막아내느라 정신이 없었다.

그때 하늘에서 지상을 향해 스킬들이 난무하고 있었다.

미라클 길드와 다른 길드의 헌터들이 낙하산을 타고 내려오고 있었던 것이다.

"지후야!"

누나와 매형은 낙하 후 바로 지후의 곁으로 달려왔다.

"지후야 다친 곳은 없어?!"

"누나는 나를 뭐로 보고. 이따위 것들이 나를 다치게 한다는 건 불가능해! 보스놈이라면 모르겠지만. 일단 지금 온 헌터들한테 나한테 몰려드는 몬스터를 막으라고 해. 나는 보스몬스터를 상대할 테니까!"

"알았어. 지후야 다치지 마."

"누나나 다치지 마. 그리고 이거 받아."

지후는 처음부터 지현을 생각하고 얻었던 아이템이지만 주지 않았던 광휘의 망토를 아공간에서 꺼내 지현에게 건네고 있었다.

"이게 뭐야?"

"아이템 처음 봐? 지금 바쁘거든! 직접 보면 알잖아. 이미 감별사가 감별 한 거라서 볼 수 있어."

[광휘의 망토 - 사용자와 아군의 사기와 체력 및 마력. 이동속도 20% 상승. 광역 힐 사용 가능. 광역실드 사용 가능. 언데드나 어둠의 힘을 사용하는 적에게 20%의 능력을 하향시킴. 파손 시 자체복구.]

"이거 협회에 있는 아이템 아니야?"

"예전에 내가 협회에서 아이템 가지고 나올 때 가지고 나온 거야. 일단 빌려주는 거니까 잘 쓰고 반납해!"

"응!"

지현은 느낄 수 있었다. 말은 저렇게 하지만 애초에 힐러 전용 아이템인 광휘의 망토다. 이건 지후가 처음부터 자신을 주려고 가지고 왔던 것이라는 걸 알 수 있었다.

지현이 광휘의 망토를 입자 주변으로 빛이 퍼져 나가고 있었다.

주변에선 그 모습을 보고 성녀가 진짜 성녀가 되어 나타났다며 잠시 소란이 있었지만 밀려드는 몬스터로 인해서 더 이상 떠들 틈은 없었다.

그리고 지현의 주변에 있던 헌터들은 몸이 가벼워지는 것을 느낄 수 있었고 빠르게 몬스터들을 제압해 나가기 시작했다.

이번에도 수혁은 양념치기에 전념을 하고 있었고 미라클 길드원들은 빠르게 그 양념된 몬스터를 회치고 있었다.

미라클 길드와 다른 길드의 헌터들의 합류로 인해서 지후는 드디어 보스몬스터와 마주할 수가 있었지만 보스몬스터는 지후를 피해서 도망을 치기 시작했고 지후는 쫓는 상황이 연출되기 시작했다.

보스몬스터가 지후를 피해 도망을 치고 있는 곳에는 펜션단지가 몰려 있었다.

보스몬스터는 보이는 족족 민간인들을 죽이며 지후를 피해 도망치고 있었고 지후는 울고 있는 꼬마아이를 볼 수가 있었다. 아이의 주변에는 부모로 보이는 남녀가 죽어있었고 보스몬스터는 꼬마아이를 향해서 검을 내려치고 있었다.

순간 지후의 머릿속에는 무림에서 자신의 딸이던 지연이 칼에 찔려서 죽던 장면이 파노라마처럼 재생되었고 지후는 그 꼬마를 향해 전속력으로 경공을 펼쳐 달려갔다.

'막아야 해. 안 돼 지연아!'

"멈춰!"

지후는 외침과 함께 꼬마 아이를 감싸며 보스몬스터가 내려치는 검을 향해 등을 돌렸다.

하지만 치명상을 예상했던 지후의 등에는 보스몬스터의 검이 닿지 않았다.

◇

지후는 등에 공격이 닿지 않자 의아해서 바로 등 뒤를 돌아보았다.

등 뒤의 상황을 본 지후는 넋이 나간채로 그저 바라보고 있었다.

지후의 등 뒤에는 보스몬스터의 검을 지후를 대신해서 맞은 박소영 비서가 눈에 들어오고 있었다.

박소영 비서의 왼쪽 어깨부터 복부까지 이어지는 큰 자상이 지후의 눈에 들어오고 있었다.

보스몬스터는 바로 자리를 떠나 도망치고 있었고 박소영 비서의 몸은 허물어지고 있었다.

지후는 허물어지는 박소영의 몸을 붙잡아 눕혀 주었다.

바닥은 박소영 비서의 피로 물들어 가고 있었고 지후는 피를 멈추기 위해 빠르게 점혈을 하고 박소영비서의 죽음을 막기 위해 내공을 들이 붙고 있었다.

지후는 지금 극심한 분노와 스트레스를 느끼고 있었다.

무림에서와 달라진 것이 없었다.

부인과 같은 얼굴을 한 박소영이 자신을 지키겠다고 대신 칼을 맞고 죽어가고 있었다.

이 모습을 보지 않기 위해 저 얼굴이 죽어가는 모습을 보지 않기 위해서 던전을 못 가게 이상한 훈련이나 시키면서 잡아두고 있었는데….

다시 한 번 반복되고 결국 아무도 지키지 못했다는 생각에 지후는 엄청난 분노를 느끼고 있었다.

"하아 하아….'

"말하지 마."

"제가 팀장…. 님과 아이를 살린 거 맞… 죠…? 하늘…. 에 가면 예전에 제가… 구하지 못했던 아이와 엄마를 볼 낯이 조금은 생긴 것 같… 아요."

"말하지 말라고! 누가 이렇게 개죽음 당하래! 내가 이럴까봐 너한테 인내심과 참을성을 기르라고 했잖아!"

"그래도…. 제 죽음이 아주 의미 없…는… 죽…음은… 아니…라서… 다행…이에요 … 아이는 어…때요…?"

"멀쩡해. 좀 놀란 것 같아서 재워놨어."

지후는 아이를 대신해 몸을 날렸을 때 아이가 놀랄까봐

미리 수혈을 눌러 재워놓았다.

부모의 죽음을 목격한 아이의 충격이 컸을 것을 짐작했기 때문이다.

지후의 눈에서는 눈물이 흐르고 있었다.

지후의 눈물을 보자 소영은 약간 당황스러웠지만 그래도 자신의 행동에 후회는 없었고 누군가 자신을 위해서 이렇게 눈물을 흘려준다고 생각하니 나쁜 삶은 아니었다는 생각이 들었다.

"팀… 장님… 울… 지… 마… 세… 요…."

"피가 튀어서 그런 거야…. 그리고 오빠라고 부르라니까…."

"네… 오빠… 그래도… 오빠… 가 제 죽음을… 조…금은… 슬퍼하는…게… 위로가… 되네요…. 그리고… 제 몫까지… 꼭 살아주세요…. 오빠가… 말은 조금 막 하지만… 아까… 아이를 구… 하려고… 뛰… 어 드는 것을… 보고 느… 낄… 수 있었… 어요…. 오빠도… 따뜻한… 사람이란… 걸…."

지후의 눈물이 박소영의 얼굴에 떨어져 내리고 있었다.

"역시… 따뜻한… 사람이었네요…. 그동안… 훈련도… 시켜… 주셨는… 데…쿨럭."

박소영의 입가에서는 내장조각과 피가 한웅큼 토해지고 있었다.

"말 하지 말라고! 왜! 왜 네가! 그런 표정으로 보지 마! 그 얼굴로 죽어가지 말란 말이야!"

지후의 말을 소영은 이해할 수 없었지만 그걸 생각할 수 있을 정도로 소영의 상태는 좋지 않았다.

"죽지 마. 절대로… 난 네 몫까지 살지 않아!"

지후는 계속 내공을 불어넣으며 소영의 죽음을 붙잡고 있었다.

빨리 누나나 힐러가 와서 치료해야 한다. 그 시간을 지후는 막대한 내공을 불어넣으며 잡고 있었던 것이다.

"팀… 장님…. 아니… 오빠…. 빨리…. 보스 몬스터를… 잡으러… 가세요…."

"알게 뭐야! 네가… 네가… 살아야 해…. 두 번 다시… 죽어가는 걸 보고만 있을 수 없어."

"저는… 이미… 늦었어요…."

"아니야. 살 수 있어. 내가 지금 보내고 있는 기운들을 붙잡아. 그리고 죽지 마. 진짜 수련을 시켜줄게."

살아… 제발…. 내가 잘못 생각했어…. 너와 몬스터와의 싸움은 말릴 수 있는 종류의 일이 아니었는데… 그저 시간을 보내면서 수련을 핑계 삼아 던전에 보내지만 않으면 된다고 생각했어… 진작 제대로 가르쳐 줬으면 이렇게 또 개죽음을 당했을까? 그 얼굴로 죽어가는 모습을 또 보지 않아도 됐을 텐데….

제발 죽지 말아줘… 진짜로 수련이란 걸 시켜줄게… 네가 몬스터에게 죽을 걸 걱정하는 일이 없도록 강하게 만들어

줄게.

"진… 짜… 수련… 이… 요…?"

"그래. 진짜 수련… 제대로 해줄게…."

"역시… 전… 설… 대… 전… 은…."

"그만 얘기하고 내가 보내는 기운을 붙잡아. 그리고 버텨내."

"지후야! 소영아!"

"지후씨!"

수혁과 지현, 그리고 전아영 협회장이 지후가 있는 곳으로 오고 있었다.

모두 피범벅이 되어 있는 소영과 지후의 모습을 보고는 당황하고 있었다.

"누나 빨리 힐 줘! 박 비서가 죽어가!"

"뭐라고!"

모두 바닥에 있는 피가 박 비서의 피라는 사실을 알았고 즉사를 당했더라도 이상하지 않았을 자상이 눈에 들어왔다.

"어떡해!"

"내가 응급처치는 해놨으니까 빨리 힐 하라고!"

"알았어."

"박소영 잘 들어. 지금부터 내가 밀어 넣는 기운 최대한 붙잡아. 그 기운 네 것으로 만들면 너 B급 탈출이다."

"네에…."

한참동안 지현은 소영에게 힐을 했고 다행스럽게도 소영은 제대로 회복을 할 수가 있었다.

소영은 살아남과 동시에 A급 헌터에 발을 걸칠 수 있었다. 만약 기운을 제대로 통제만 했다면 S급에도 오를 정도로 지후가 많은 내공을 주입해 줬지만 심법을 배운 적도 마력을 제대로 다룰 줄 모르는 소영은 A급에 겨우 발을 걸치는 정도가 한계였다.

소영을 살리느라 모든 마력을 다 소진한 지현은 소영을 살렸다는 사실에 안도하며 리타이어 해버렸고 지후는 바로 소영과 지현의 수혈을 짚어서 재워 버렸다.

"형이 두 사람 좀 챙겨."

"알았어."

지후가 수혁에게 말을 하고 자리에서 떠나려고 하자 전아영 협회장은 다급하게 말을 붙였다.

"지후씨 어디 가시려고요? 지후씨도 지금 상태가 좋지는 않으신데…."

전아영 협회장은 아까 지후가 소영을 바라보던 눈빛을 보았다. 그리고 지후의 눈에서 흐르던 눈물도….

그랬기에 아영의 마음속에는 조바심이 들고 있었다.

자신의 가장 큰 연적이 바로 지후의 곁에 있었다고… 그동안 너무 방심하고 있었다는 생각에 아영 또한 이번 일이 끝나면 이대로 있지 않겠다는 결심을 하게 되었다.

"잡아야지. 그 개자식을."

"하지만… 저희는 추적에 실패했어요. 여기까지가 저희가 추적한 마지막이에요."

"됐어. 내가 추적해."

이미 느껴본 기운이야. 추적이 어렵진 않아. 그리고 꼭 잡아서 죽인다. 너로 인해 그 모습을 두 번이나 봤어. 찢어 죽여 버린다.

지후는 고리의 팔찌를 사용해서 내공을 회복하며 기운을 퍼뜨리기 시작했다.

그동안은 정신력의 고갈을 우려해서 하지 않았지만 지금은 그런 계산을 할 정도로 지후가 이성적인 상태가 아니었다.

지후는 춘천 쪽에서 보스몬스터의 기척을 읽고는 바로 경공을 사용해서 보스몬스터의 추적에 나섰다.

"저기 있다!"

전신이 축축하게 젖을 정도로 전력을 다해 달려온 지후는 오랜만에 호흡을 고르며 숨을 들이켜고 있었다.

"곱게 죽을 생각은 하지 마라. 개새끼야!"

지후는 핏발이 선 눈을 번뜩이며 몰려오는 몬스터들을 죽이며 보스몬스터에게로 다가갔다.

가로막고 있던 대부분의 몬스터들을 걷어내자 보스몬스터가 지후에게 공격을 가하기 시작했다.

콰아앙!

지후의 권강과 보스몬스터의 일 검을 시작으로 둘의

전투가 시작되었다.

"검강인가? 정말 긴장해야겠는데. 그래도 완벽한 검강은 아니야. 완벽하다고 하기엔 부족해. 완벽한 S급이 아니기 때문인가. 불완전해도 검강은 검강이지."

공방이 이어지자 지후는 점점 긴장이 되어갔다.

'내가 생각이 짧았어. 베스트의 상태로 붙었어야 할 놈 인데… 지금의 내 상태로는 좀 아슬아슬 한데.'

지후는 보스몬스터의 매서운 검강을 막아내며 바닥을 구르고 있었다.

젠장… 이게 준S급의 공격이라는 건가?

지후의 등줄기는 축축해져만 가고 있었다. 마력을 떠나서 전투능력에서는 자신이 앞설 거라는 자신감이 있었지만 보스몬스터와 공방을 주고받을수록 그 생각은 잘못된 생각 이라는 것을 느낄 수 있었다.

보스몬스터의 공격하나하나가 치명적이게 들어오고 있었고 이건 수많은 실전을 통해서나 할 수 있는 것이었기에 지후는 베스트 상태로 오지 않은 자신을 탓하며 싸우고 있었다.

지후는 전신을 금빛으로 물들이고 있던 기운들을 두 주 먹으로 집중하기 시작했다.

지후는 지명상이라고 할 만한 공격은 천왕보를 이용해서 아슬아슬하게 피해내고 있었지만 모든 공격을 다 피해내지 는 못했기에 하나둘 지후의 몸에는 자상이 늘어가고 있었다.

"하아 하아. 진짜 힘들게 하네. 이 개새끼가!"

보스몬스터가 사선으로 베어온 검에 베인 지후의 허벅지에서는 피가 흘러나오고 있었고 지후는 이대로는 안 된다는 생각에 검에 베이더라도 검을 휘두를 공간을 주지 않기 위해 더욱 가까이 접근했다.

쾅쾅쾅!

지후의 주먹들이 보스몬스터에게 적중하기 시작했다. 하지만 지후는 검을 휘두를 공간을 주지 않기 위해 끊임없이 붙어서 주먹을 휘두르고 있었다.

하지만 보스몬스터도 지후의 속내를 읽은 것인지 체술을 사용하며 검을 휘두를 공간을 만들어 내고 있었다.

"이거나 먹어 새끼야!"

지후의 돌려차기가 보스몬스터의 관자놀이에 직격했고 보스몬스터는 한쪽 무릎을 꿇었지만 바로 다시 일어나서 지후에게 검을 휘둘렀다.

"이것도 먹어!"

지후는 수 십 개의 권강을 날렸지만 보스몬스터는 다 피해내며 지후의 곁으로 다가와 검을 내려치고 있었다.

"크윽."

미간을 향해 검을 내려치는 보스몬스터의 검강을 지후는 양팔을 엑스자로 한 후에 호신강기와 권강을 둘러서 막아내었다.

공격은 막아냈지만 지후의 다리는 바닥에 박혀 들어가

있었다.

바로 보스몬스터는 지후의 허리를 이등분 낸다는 듯이 검을 휘둘렀고 지후는 그 공격을 겨우 막기는 했지만 상태는 좋지 않았다.

막아낸 상태로 백 미터 이상을 날아가 바닥을 구르고 있었다.

바로 달려든 보스몬스터로 인해서 지후는 무인이라면 치욕으로 여기는 나려타곤을 하며 바닥을 구르고 있었다.

나려타곤을 하며 보스몬스터의 검을 피한 지후는 자존심이 상하고 있었다.

'내가 베스트 컨디션이었으면 상대도 안 됐을 놈인데… 내가 그동안 너무 게을렀어. 저런 녀석한테 쩔쩔 매기나 하고. 조만간 제대로 수련을 시작해야겠어. 만약 현경에 올랐었다면 이렇게 정신적으로 피로해 졌을 일도 없었을 테니까.'

지후와 보스몬스터의 계속된 난타전으로 인해서 주변엔 엄청난 크레이터들이 생겨있었고 지후와 보스몬스터의 상태 또한 좋아 보이지 않았다.

지후는 바닥에 한쪽 무릎을 꿇은 채로 보스몬스터를 바라보고 있었다.

"내가 지금 무릎을 꿇은 건 추진력을 얻기 위함이었다. 이 개새끼야!"

지후는 마지막을 다짐하며 팔찌에 저장해둔 모든 마력을 자신의 주먹에 모으기 시작했다.

보스몬스터 또한 마지막 이라는 듯이 검에 모든 기운을 담고 있었다.

"크아아악!"

"죽어!"

지후와 보스몬스터가 악을 쓰며 서로에게 최후의 일격을 가하고 있었고 보스몬스터의 붉은 검강은 지후의 금빛 권강에 의해서 박살났다. 지후는 검강을 부신 후 멈추지 않고 보스몬스터를 향해 권강을 휘둘렀고 보스몬스터의 상반신은 어디로 간 것인지 사라졌고 하체만이 자리에 남아있었다.

보스몬스터가 있었던 자리에 있던 하체는 가루가 되어 사라졌고 그 곳엔 보랏빛 구슬만이 자리를 잡고 있었다.

그것이 무엇인지는 모르지만 보스몬스터가 드랍한 아이템이라고 생각한 지후는 그 구슬을 아공간으로 집어넣고 입에 담배를 물며 바닥에 드러누웠다.

무림에서 돌아온 이후에 이렇게까지 치열하게 싸웠던 적이 처음이었기에 지후는 정신적으로도 육체적으로 힘들었다.

그리고 방금 있었던 전투를 복기하고 있었다.

그동안 스스로가 얼마나 나태해지고 긴장감을 잃었는지

제대로 느낄 수 있었다.

부인과 같은 얼굴을 한 소영이 죽을 뻔했고 정상의 상태였다면 이 정도로 힘을 들이지 않고 상대할 수 있었던 보스몬스터를 거의 탈진을 해서야 겨우 잡았다.

이 사실은 지후 스스로를 돌아보고 반성하게 만드는 계기가 되었다.

이성을 잃고 날뛰고 방심한 결과물이 바로 지금 지후의 모습이었기 때문이다.

지후를 돕기 위해 가려던 헌터들은 몬스터들에 의해 막혀서 전진을 못 하고 있었다.

하지만 어느 순간 몬스터들이 공격을 멈추고 도망치기 시작했다.

지후가 보스몬스터를 죽였기에 몬스터들을 통제하던 게 사라졌기에 몬스터들은 순식간에 오합지졸이 되었고 헌터들을 피해 도망을 치고 있었다.

헌터들도 당황했지만 일단은 지후에게 가는 게 우선이었기에 헌터들은 지후가 있는 곳으로 향하였다.

수혁과 협회상, 그리고 다른 길드원들이 그 곳에 도착했을 땐 곳곳에 크레이터가 생겨있었고 그 중심에서 쓰러져 있는 지후를 발견할 수 있었다.

지후가 쓰러져 있는 것을 보고 다들 놀랐지만 단순히 잠을 자고 있다는 사실에 모두 안도를 하며 수혁은 지후를 헬기에 태워 길드 사옥으로 돌아갔다.

지후는 다음날이 되어서야 일어났고 모든 컨디션을 회복한 상태였다.

지후가 깨어났다는 사실이 알려지자 수혁과 지현, 소영과 아영은 바로 지후의 사무실을 찾은 상태였다.

"지후씨. 어떻게 된 일인지 설명 좀 해주세요. 보스몬스터는 어떻게 된 거죠?"

전아영 협회장은 지후에게 다급하게 묻고 있었다.

갑자기 몬스터들의 웨이브가 멈추었기에 추측은 할 수 있었지만 지후의 입으로 직접 듣기 전까지 확신을 할 수는 없었기 때문이다.

"죽였어."

"네?"

"보스몬스터 내가 잡았다고."

"그래서 웨이브가 멈췄나보네요."

"지금은 상황이 어떤데?"

"지금은 웨이브로 나온 몬스터들이 산 같은 곳이나 사람의 발길이 닿지 않는 곳으로 숨어들고 있어요. 그래서 지금 헌터들이 계속 토벌작업 중이에요."

"역시 통제하던 대가리를 죽이니까 다 끝났나 보네."

"네. 그래도 워낙 많은 몬스터가 웨이브에 던전을 나와서 시민들의 안전을 위해선 아직 대피령을 풀지는 않았어요."

"그래도 C급은 얼마 안 풀렸으니까 금방 토벌하겠네."

"네…."

"뭐 나도 조금은 도와주지."

"정말요? 조금 더 쉬셔야 하지 않으신가요?"

"괜찮아. 몸은 다 회복했어. 그보다 형은 감별사 좀 불러와줘."

"감별사?"

"응. 어제 보스몬스터 잡고 나온 아이템 좀 확인해 보게."

"아이템? 그런데 시체는 없어?"

"응. 죽이니까 시체는 사라지더라고. 이거 하나 남기고 사라졌어."

지후는 아공간에서 보랏빛 구슬을 꺼내어 보여주고 있었다.

수혁의 연락에 미라클 길드의 감별사는 바로 올라와 지후가 들고 있는 보랏빛 구슬을 감정했다.

깅화의 구슬.

아이템의 등급을 한 등급 올려준다. (A급까지.)

다들 감별사의 말에 눈이 휘둥그레 커지고 있었다.

"형. 형이 가지고 있는 도끼 좀 꺼내봐."

"응? 도끼는 갑자기 왜?"

"일단 꺼내봐."

수혁은 지후의 말에 하는 수 없이 아공간에 있던 베틀엑스를 꺼냈다.

지후는 베틀엑스를 건네받자마자 구슬과 포개어 놓더니 소리쳤다.

"강화."

"헐."

"지후야!"

"야! 그걸 그렇게!"

"A급 까지만 가능하다고 하잖아!"

지후가 생각한 A급까지 강화가 가능하다는 것은 A급 아이템까지 강화를 할 수 있다고 생각하는 것이었고 다른 사람들은 B급 아이템을 A급까지 만들 수 있다고 생각하는 오류가 있었다.

지후가 말릴 틈도 없이 강화라고 외쳤고 베틀엑스와 강화의 구슬은 보랏빛을 내며 허공으로 떠오르고 있었다.

- 그라비티 베틀엑스 (등급 A) - 아다만티움 50%가 고르게 섞여 있다.

공격력 50% 상승.

20% 추가 데미지.

스킬 - 중력. (공격에 적중 된 상대는 자신이 느끼는 중력의 2배를 받는다. 중첩가능.)

기존에도 엄청났던 A급 아이템이 강화로 인해 너무나 바뀌어 있었다.

수혁은 자신의 베틀엑스를 보면서 눈을 떼지 못하고 있었다.

– 강화된 그라비티 베틀엑스 (등급 S) – 아다만티움 50%가 고르게 섞여 있다.

공격력 250% 상승.

50% 추가 데미지.

스킬 – 중력. (공격에 적중 된 상대는 자신이 느끼는 중력의 4배를 받는다. 중첩가능.)

"헐…."

다들 어이가 없다는 눈빛으로 지후를 바라보고 있었다.

"A급까지가 제가 생각한 거랑은 달랐네요. A급 아이템을 S급으로 바꿀 수 있는 거였네요. 대신 S급 아이템은 강화를 할 수 없다는 거고요."

"지… 지후야… 이건 어떻게…?"

수혁은 자신의 베틀엑스를 보면서 어떻게 해야 하나 난감해 지고 있었다.

자신의 무기였지만 지금 지후가 한 강화로 인해서 너무 바뀌어서 소유권을 주장하기가 난감했기 때문이다.

"어떻게 하긴 뭘 어떻게 해. 앞으로도 형이 쓰는 거지. 미라클 길드장이 S급 무기정도는 있어야지. 지난번에 미국 가니까 S급무기 가지고 있던 애들도 많던데."

"고… 고마워. 지후야. 정말 고맙다."

수혁도 S급무기를 가지고 싶었지만 시중에 풀린 S급무

기 중에는 베틀엑스가 없었다.

그리고 S급무기는 부르는 게 값이고 수량도 거의 없기에 구하기도 막막했었기에 수혁이 지금 지후에게 느끼는 감정은 고마움이라는 단어만으로 표현하기가 힘들 정도였다.

"그럼 오후에 성명을 발표를 하도록 할게요. 아마 저희가 이걸 해결했다는 사실이 알려진다면 지후씨는 조금 피곤해 질지도 몰라요…."

"내가 왜 피곤해 져?"

"지금 다른 곳에는 피해가 계속 커져만 가고 있으니까요. 전부터 계속 요청이 있었지만 우리나라도 웨이브가 진행 중이기에 거절을 할 수 있었어요. 하지만 이제 저희는 웨이브가 끝났으니 아마도 도와달라고 지후씨를 귀찮게 하겠죠."

"내가 왜 도와줘?"

"하지만…."

"전아영. 잘 들어. 내가 호구야? 내가 왜 몬스터 잡겠다고 내 목숨을 걸고 외국을 나가야 하지? 지들 목숨은 지들이 지키라고 해. 그리고 웨이브가 끝났어도 풀려난 몬스터는? 언제까지 대피소에 다 박아둘 건데? 가끔씩 네가 그런 쓸데없는 소리를 꺼내니까 내가 너를 가까이 하지 않는 거야. 대의? 신념? 나는 그딴 거 없어."

"네…."

'물론 외국에 나가서 강화의 구슬인가 그건 얻어와야겠지.

그런데 쉽게 들어주면 호구가 되거든.'

오후가 되어서 전아영 협회장은 지후가 보스몬스터를 잡고 웨이브가 끝났다고 성명을 발표했다.

하지만 웨이브로 도망친 몬스터가 다 처리되지 못했으니 며칠만 대피소에서 기다려 달라고 발표를 했다.

그 후 삼일이 지나서야 도심 쪽에 있는 몬스터들은 토벌이 끝났다. 산속이나 사람이 별로 없는 곳에 숨은 몬스터까지는 처리를 하지는 못 했지만 그건 앞으로 협회와 길드들이 토벌을 하겠다며 사람들을 대피소에서 집으로 돌려보냈다.

물론 신신당부도 잊지 않았다.

뉴스에서는 한동안 외출을 자제해달라고 했고 산이나 인적이 드문 곳에는 가지 말아달라는 소식을 전하였다.

국민들은 지후를 미스터 미라클이라고 부르기 시작했고 미라클 길드는 말 그대로 기적을 행하는 길드라며 이제는 대한민국을 넘어서 세계최고의 길드라는 말이 심심치 않게 나오고 있었다.

대한민국은 안전을 되찾았지만 외국에서 걸려오는 전화로 인해서 정부와 협회는 마비상태였다.

하지만 지후는 들은 척도 안하며 사무실에만 박혀있었다.

물론 예전처럼 전설대전으로 하루를 보내지는 않았다.

하루에 2시간정도만 전설대전을 할 뿐. 그 외의 시간은 수련을 하며 보내고 있었다.

◇

"오빠… 이제 진짜 수련을 알려주세요."

그동안 워낙 처리해야 할 일들이 많아서 박소영도 길드의 일을 도왔지만 이제 여유가 생기니 다시 지후의 비서로 복귀를 했다.

그리고 지후를 보자마자 소영은 진짜 수련에 대한 말을 꺼내고 있었다.

분명히 자신이 죽어갈 때 지후가 제대로 수련을 해주기로 했던 사실을 기억하고 있었기 때문이다.

"에휴…."

결국 올 게 왔네. 저번 같은 일이 있을 바에는 차라리 강하게 만드는 게 낫겠지. 약해서 죽는 것 보단 강해서 죽이는 편이 나으니까.

"오빠가… 진짜 수련시켜 주신다면서요."

"알았어. 그런데 이제 오빠소리가 제법 자연스럽다?"

지후의 말에 박소영의 양 볼은 붉게 물들고 있었지만 지후는 크게 신경을 쓰지는 않았다.

"선택은 네가 해. 첫 번째, 나한테 새로운 검법을 배운다. 두 번째, 지금의 검법을 갈고 닦는다. 세 번째, 헌터를 그만 둔다."

"보기는 두 개네요."

"응 3갠데?"

"3번을 제가 선택하지 않을 거라는 사실을 아시잖아요. 그런데 제가 1번과 2번 중 어떤 걸 선택해야 더 강해질 수 있어요?"

"1번이지. 2번의 문제점은 저번에도 말했으니까. 이미 몸에 베인 습관을 버리긴 힘들지. 그럴바엔 1번으로 새로 시작하는 게 낫지. 그래도 그동안 하던 게 있으니까 오래 걸리진 않겠지."

"그럼 1번으로 할 게요."

"응? 2번이 아니고? 어디 아프냐? 네 성격에 2번이 아니라 1번이라고?"

"네. 이제 오빠를 조금은 믿어요. 그리고 오빠가 전에 말했던 것처럼 몬스터와 싸움은 스포츠가 아니니까요."

나를… 믿어? 믿을 거면 좀 많이 믿지. 조금만 믿는 건 뭐냐.

"좋아. 너를 나 다음으로 강하게 만들어 줄게. 대신 내 허락 없이 던전에 가거나 몬스터와 싸우지 않는다. 지킬 수 있겠어?"

"네."

"앞으로 네가 쓸 무기랑 방어구다."

지후는 아공간에서 지난번 경매에서 얻었던 아이템을 꺼내었다.

뇌룡도(A급) – 마력 주입 시 뇌전 사용가능.

공격력 10%증가. 1초간 5%의 확률로 적을 스턴 상태로 만든다.

뇌룡의 갑주 세트(A급) - 상의+하의+신발 뇌룡의 가죽으로 만들어 짐.

뇌전공격을 흡수 함. 이동속도 50% 증가. 방어력 10% 증가.

소영은 지후가 건네주는 A급 무기와 방어구를 보며 말을 이을 수가 없었다.

"이건 너무 부담 스러…"

"됐어. 내가 다른 사람들한테 아이템 주는 것도 많이 봤잖아? 어차피 아공간에서 썩고 있는 거야. 그리고 너는 이제부터 정식으로 S팀의 헌터다. 비서일도 간간히 하기는 하겠지만 나는 너를 이제부터 제대로 헌터로 키울 거야. 그러니까 내가 주는 건 닥치고 받아."

소영은 느낄 수 있었다.

말은 저렇게 하지만 그 안에 느껴지는 따뜻함을.

그리고 지후의 호의를 배신하지 않기 위해선 강해져야 한다는 생각이 머릿속에 가득차고 있었다.

"지금부터 내가 보여주는 것을 촬영해도 좋아. 하지만 너에게만 전수해 주는 거니까 누구에게도 알려주지는 말았으면 좋겠어."

"네."

"우선 보법을 알려줄게. 보법만 잘 해도 생존확률이 50% 올라간다. 지금 알려주는 보법은 천왕태보라는 보법인데 내가 알려줄 검법과 함께 사용한다면 최강의 보법이지. 보법은 적을 빠르게 베기도 하지만 공격을 피할 때도 쓰이지. 그러니까 지금까지처럼 강하게만 하려고 하지 말고 부드러운 움직임도 익히도록 노력해."

지후는 보법을 보여줬고 소영은 그것을 녹화하고 있었다.

"이제 네가 익힐 검법을 보여주지. 태산십팔반검이라고 한다. 열여덟 번의 변화로 태산조차 가를 수 있다는 검법이지."

지후가 느리게 검법을 보여주자 소영은 의아한 듯이 쳐다 보고 있었다.

딱히 뭔가 대단해 보이는 검법으로 보이지 않았기 때문이다.

"그게 정말 태산조차 가를 수 있는 검법이 맞나요?"

"지금은 네가 보기 쉽게 느리게 보여준 거잖아! 넌 그럼 내가 제대로 보여주면 어떻게 따라할 건데? 뭐 네 검이 어떤 모습을 보여줄지 아는 것도 중요하니까 제대로도 보여주지."

지후는 제대로 된 태산십팔반검을 소영에게 보여줬고 소영은 입을 다물 수가 없었다.

분명히 지후가 위력을 조절하고 있는 것 같았지만 그 기세가 엄청났기 때문이다.

그리고 소영이 가장 놀란 건 지후가 검술의 경지까지 어마어마했다는 사실이다.

원래 황보세가가 권으로 유명하지만 검도 뒤처지는 가문은 아니었다. 권을 제대로 익히려면 상대의 무기의 특성이나 검술등도 잘 알아야 했기에 지후는 검술에도 조예가 깊었다.

"마지막으로 마력호흡법에 대해서 알려주지."

"마력호흡법이요? 그게 뭔데요?"

"마력호흡법을 익히면 마력을 빠른 속도로 증가시킬 수 있지. 그리고 마력을 섬세하게 컨트롤 할 수 있지. 같은 마력을 사용해도 몇 배의 위력을 낸다고 할까? 쓸데없는 마력의 낭비도 줄이고 말이야."

"그런 게… 있었다니… 완전… 사기네요…."

"그러니까 아무한테도 알려주지 마. 악용되면 피곤해 지거든."

"내가 몸속에 흘리는 마력을 제대로 느껴봐. 그리고 그 흐름을 기억해. 앞으로 그 흐름대로 마력을 움직여. 걸어 다니면서 아무 생각을 하지 않아도 할 수 있는 경지가 될 때까지."

지후는 소영의 등에 손을 대고는 마력을 움직여 줬다.

"마력을 제대로 컨트롤하면 낭비도 줄어들고 위력도 훨씬 세지지. 지금 이 흐름을 기억해."

소영은 고개를 끄덕이며 지후의 마력이 자신의 몸에 돌아다니는 것을 느끼고 있었다.

"앞으로 요가도 병행해. 넌 너무 뻣뻣해. 원래 부드러움 속에 강함이 묻어나야 진짜 강한 거야."

"네…"

"내가 옆에서 봐주긴 하겠지만 하나부터 열까지 봐줄 수는 없어. 틀린 부분만 지적을 해줄 뿐이지. 하루에 2시간씩 봐줄게. 1시간은 대련이다."

"네…"

지후가 대련 얘기를 하자 지난번의 치욕스러운 패배가 떠오른 소영이었지만 지후가 알려 준 검술을 익힌다면 옷깃정도는 스칠 수 있다는 생각을 하는 소영이었다.

현제 대한민국헌터협회는 전아영 협회장의 폭탄선언으로 인해 난리가 나 있었다.

지금 협회장의 사무실에는 채아영이사와 박민아비서, 그리고 박과장과 협회의 간부들이 모여 있었다.

"협회장님! 이건 말도 안 됩니다."

"갑자기 사퇴라니요!"

"여러분들이 아무리 말려도 제 뜻에는 변함이 없습니다."

전아영의 말에 다들 뭐라고 말을 하고 싶은 마음은 굴뚝 같았지만 딱히 할 말이 없었다.

전아영은 절대로 의견을 굽히지 않는 철의 여인이었기 때문이다.

하지만 갑작스러운 전아영 협회장의 사퇴소리에 다들 어떻게 해야 하나 멘탈이 붕괴되기 직전이었다.

그동안 파벌싸움으로 세월을 보내긴 했지만 요즘은 그런 것도 없고 나름 잘 운영되고 있었기 때문이다.

"다들 나가 보세요."

전아영 협회장의 말에 다들 고개를 저으며 자리에서 일어나서 협회장실을 나가고 있었지만 채아영이사와 박 비서는 자리를 떠나지 않고 있었다.

"협회장님. 갑자기 왜 이러시는 겁니까?"

"나도 하고 싶은 일이 생겼어."

"그게 뭐 길래 갑자기 협회를 떠나신다는 겁니까!"

"갑자기가 아니야. 그동안 많이 생각했어."

"앞으로 협회장은 채이사가 맞도록 해. 그리고 박 비서는 채이사를 잘 도와줘."

"협회장님!"

"미안해. 하지만 나도 어쩔 수가 없어."

"대체 그 이유가 뭡니까?"

"이대로라면…. 지후씨를 놓칠 것 같아…."

"네?"

"나 평생 혼자 살고 싶지 않아. 그런데 지후씨가 다른 여자를 마음에 둔 것 같아."

사실 이건 아영의 오해였다.

지후는 박소영 비서를 사랑하는 것이 아니었다. 그저 죽었던 부인과 같은 외모였기에 그 외모를 하고 있는 박소영이 죽는 게 싫었던 것이었다. 박소영이 죽는다면 부인이 죽는 모습을 두 번 보는 것 같았기에. 굳이 표현을 하자면 지후가 박소영에게 느끼는 감정은 연민에 가까운 감정이었다. 하지만 전아영 협회장은 지후의 눈물을 보고 오해를 하고 있었던 것이다.

채아영과 박민아는 전아영의 말을 듣고 뭐라고 할 수가 없었다.

전아영이 얼마나 괴로워했는지도 옆에서 지켜봤기에 알고 있었고 남자를 만난다면 지후일 가능성이 많다는 것도 알고 있기 때문이다.

다만 협회장의 지후에 대한 마음이 이정도로 컸는지는 몰랐기 때문에 그동안 알아주지 못했다는 생각에 미안함이 들 뿐이었다.

"미안해. 협회를 잘 부탁해. 그래도 우리 밖에서 자주 만나면 되니까…."

"꼭 성공하세요. 협회장님."

"이제 언니라고 불러도 되죠? 언니 무조건 육탄돌격부터 하세요. 아이라도 생기면 어쩌겠어요? 무조건 아이부터 만드세요."

결국 그 날 전아영 협회장의 사퇴는 통과되었다.

물론 세계헌터협회장의 전화가 계속해서 전아영에게 오고 있었지만 전아영은 그 전화를 받지 않았다.

괜히 전화를 받으면 협회에 대한 미련이 남을 지도 모른다는 생각에 모질게 마음먹은 전아영 이었다.

그리고 전아영은 협회를 나오자마자 미라클 길드로 향했다.

미라클 길드의 길드장의 사무실에는 지금 수혁과 지현, 그리고 전아영이 있었다.

"지금 대체 무슨 말씀을 하시는 겁니까? 협회장님."

"말 그대로에요. 저 오늘부로 협회를 그만 뒀습니다. 그러니 더 이상 협회장이라고 부를 필요는 없습니다."

"갑자기 왜 협회를 그만두신 겁니까? 그리고 왜 저희 길드에 오신다는 겁니까?"

수혁과 지현은 아영의 방문에 당황스러웠다.

전아영도 S급 헌터다. 수혁이 S급에 가까운 헌터긴 하지만 아직 S급 헌터는 아니었다.

지후야 지현의 가족이지만 전아영은 그게 아니었기에 받아들이기 쉽지 않기 때문이다.

"미라클 길드에는 지후씨가 있으니까요. 저를 S팀에 넣어주세요."

"S팀은…. 팀원이 없습니다. 지후 혼자만 있는 곳입니다."

"박소영 비서도 있잖아요."

"저도 지후씨의 비서로 받아주셔도 괜찮아요."

"솔직히 이해가 가질 않습니다. 협회장님 정도 되시는 분이 지후의 비서를 자처하는 것도 그렇고. 굳이 미라클 길드에 들어오신다는 것이 잘 이해가 안 갑니다."

"맞아요. 협회장님을 싫어하는 건 아니지만 그 의도를 확실히 해 주셨으면 좋겠어요. 협회장님이라면 다른 길드에 가셔도 되고 길드를 만드셔도 되잖아요."

"저는 지후씨를 많이 좋아합니다. 그래서 같이 있고 싶습니다."

"네?"

"……?"

"말 그대로입니다. 이대로 가만히 아무것도 못하고 있다가 지후씨를 놓치고 싶지가 않습니다. 지후씨가 거절을 하더라도 제대로 시도라도 해보고 싶습니다."

아영의 말에 수혁과 지현은 난감함을 느끼고 있었다.

특히 지현은 수혁보다 당황스러움을 느끼고 있었다.

지난번에 미국을 다녀올 때 아영이 지후를 좋아한다는 사실은 알고 있었지만 이 정도로 좋아한다고는 생각하지 않았기 때문이다.

그리고 자신보다 한 살이 많고 등급도 높은 시누이를 상상하자 불편함이 느껴졌기 때문이다.

애초에 지현은 지후의 짝으로 염두 해둔 인물이 있었다.

지현과 수혁은 귓속말을 나눴고 딱히 거부를 할 만한 이유를 찾지 못했다.

"결정은 지후에게 맡길게요."

"제 생각도 그렇습니다. 이건 지후가 결정해야 할 문제 같네요. 제가 길드장이지만 지후의 팀은 지후 마음대로 운영되기 때문에 저희가 해드릴 수 있는 게 없습니다."

"알겠습니다. 지후씨가 허락한다면 앞으로 잘 부탁드리겠습니다."

"네…."

지후는 요즘 들어서 찝찝한 기분도 자주 들고 생각이 많아지고 있었다.

그렇기에 스스로 빨리 현경에 올라야 한다는 생각에 초조함을 느낄 때도 많았다.

'초조해 한다고 현경에 빨리 오르고 늦게 오르는 게 아닌데… 나한테 심마라도 든 건가… 일단 다들 1인분을 할 수 있을 정도는 만들어야겠어. 지금 이대로는 방해만 될 뿐 너무 약해.'

지후가 이런 생각을 하고 있을 때 지후의 사무실 문이 열렸고 수혁과 지현 그리고 그 뒤에 전아영이 들어오고 있었다.

"왜? 또 무슨 일이라도 났어?"

"아니. 할 말이 있어서."

"뭔데?"

"전아영씨가 직접 말 할 거야."

"지후씨 저는 지후씨의 팀에 들어가고 싶습니다."

"응? 갑자기 뭔 소리야. 넌 협회장이잖아."

"협회는 오늘부로 그만 두었습니다."

뭐야. 이 여자가 돌았나? 갑자기 왜 협회를 그만둬?

"그래서…?"

"지후씨의 팀에서 지후씨와 함께 하고 싶습니다."

"……."

지후는 아영에게 전음을 보냈다.

아무래도 누나와 매형의 앞에서 얘기하기에는 민망했기 때문이다.

-무슨 꿍꿍이야.

[꿍꿍이는 없습니다. 그저 지후씨와 함께하고 싶습니다. 제가 지후씨를 좋아한다는 사실은 아시잖아요. 좋아하는 남자와 조금이나마 같이 있을 방법을 찾은 것 뿐 입니다.]

-하…. 내 생각을 못 읽어서?

[처음엔 그랬지만. 지금은 그냥 지후씨가 좋습니다.]

돌아버리겠네…. 정말 처음 이 여자를 봤을 때 생각했던 대로 첫사랑에 빠진 여자는 무섭네….

-내 팀은 오직 나밖에 없어.

[박소영 비서가 있지 않나요? 그리고 제가 협회장 일을 해서 비서일도 잘 할 수 있습니다. 그리고 귀찮은 일을 처리할 인맥도 제법 되고요.]

확실히… 협회장이었으니까… 일은 잘 하겠지… 그런데 딱히 내가 일이 없는데….

－소영이랑은 다르지. 소영이는 전투가 가능하니까. 그런데 넌 협회장같은 자리는 어울릴지는 몰라도 전투에는 부적합하잖아.

[강해지겠습니다. 그리고 생각을 많이 해봤습니다. 실험도 해 봤고요. 저는 몬스터의 생각도 읽을 수 있습니다. 몬스터가 어딜 공격할지 어떻게 행동할지 미리 알 수 있습니다. 아직 제가 몸을 쓰는 게 익숙하지는 않지만 배운다면 누구보다 쓸 만한 딜러가 될 수 있다고 생각합니다.]

어라? 그건 그렇네. 적의 생각을 읽고 미리 방어하고 공격한다면 생각이상의 재능이겠어. 왜 내가 진작에 이런 생각을 못했지? 머리가 굳었나…? 뭐 S급의 마력도 있으니까 잘만 가르치면 제대로 겠는데.

－좋아. S팀의 팀원으로 받아주지. 대신 나한테 배워.

[진심이십니까?]

－응. 그게 연애를 하자는 말은 아니니까 오해는 하지 말고. 네 능력이 쓸 만해서 한번 시험해 보려는 거니까. 뭐 덤으로 너한테 남의 생각을 읽는 걸 컨트롤 할 수 있는 방법도 알려주지.

[야호! 대박!]

ㅡ야! 시끄러워! 골 울리게! 지금 그렇게 기뻐하지 마. 나한테 다 들리잖아!

[죄송해요….]

"형. 아영이도 우리 길드에 들어오기로 했어. 대충 비서 자리나 하나 내줘."

"진짜로?"

지후의 말에 수혁보다는 지현이 놀라서 지후에게 묻고 있었다.

'지후도 저 여자한테 아주 마음이 없는 건 아닌가? 귀찮다고 받아 줄 애가 아닌데….'

지후는 정말로 아영의 능력이 마음에 들어서 가르쳐 보려고 하는 것이지만 지현의 오해는 깊어만 갔다.

"형. 이제부터 길드원들 전부 수련시켜."

"갑자기 그게 무슨 소리야?"

"내가 원래 형이나 누나만 알려줬었는데 이대로라면 안 될 것 같아서. 자기보다 등급도 낮은 몬스터를 단체로 달라붙어서 싸우는 방식은 잘못됐어. 이게 게임도 아니고 스스로 싸우는 방법도 알아야지. 아마 어느 정도 훈련이 되면 단체로 싸울 때도 편해지겠지만 지금 보다 다들 몇 배로 강해질 거야. 그러니까 내가 누나한테 알려준 무영보를 모든 길드원들한테 가르쳐. 그리고 요가를 하게 해. 근육을 부드럽게 만들어 줘야 되니까. 그리고 격투기는 각자 알아서 배우도록 하고. 하체단련을 집중적으로 시켜. 하체가 튼튼해야 공격의 위력도 세지고 속력도 붙거든. 마지막으로 이건 되는 놈은 될 거고 안 될 놈은 끝까지 못 할 텐데 마력을 컨트롤 하라고 해."

"마력을 컨트롤?"

"응. 내가 지금 누나랑 형한테 기운을 넣어 줄 테니까 잘 느껴봐 어떻게 움직이는지. 그리고 앞으로 무의식중에도 할 수 있을 정도로 훈련해. 이게 잘 되면 적은 마력으로도 큰 힘을 낼 수 있거든."

"이걸 모두에게 알려주면 너무 큰 파장이 생기지 않겠어?"

어차피 하급호흡법이야. 무림에서 길바닥에서 굴러다니던. 그리고 당장 걸음마도 안 뗀 것들한테 상급호흡법을 가르쳐봐야 의미도 없고.

"뭐 길드차원에서 각서를 쓰고 알려주도록 해. 그리고 미라클 길드의 세력을 확장시켜. 강해진 미라클 길드원들이라면 좋은 홍보물이 되겠지. 나는 이제부터 미라클 길드와는 별개로 움직이는 일이 많을 거야."

"갑자기 그게 무슨 소리야?"

"솔직히 말해서 당장 새로운 길드를 만들 생각 같은 건

268 **권왕의 레이드** 2

없어. 그런데 이대로라면 내 이름의 무게에 미라클 길드가 짓눌릴 걸? 지금도 형이나 누나가 버거워 한다는 건 알고 있어. 앞으로 S팀은 자체적으로 활동할 거야. 형도 길드원들이 훈련에 어느 정도 자리 잡기 전까지 괜히 이리저리 휘둘려서 외국으로 눈을 돌리거나 하지 마. 지금은 내실을 다져야 할 때야. 나로 인해서 세계적으로 이름을 날리고 있지만 나 하나로 좌지우지 되는 길드가 되어선 안 돼."

"알겠어. 나름 내색하지 않는다고 했는데… 우리가 부족한 게 티가 많이 났나보네."

"그런 의미는 아니야. 다만 이대로라면 서로에게 좋지 않으니까. 그리고 사고수습과 정치의 스페셜리스트가 내 팀원으로 들어왔으니까 업무 부담을 덜어주는 거야. 잘하는 일을 마음껏 하게 해줘야지."

"하하하. 전아영씨라면 정말 스페셜리스트지."

지현과 수혁에게 기운을 불어넣어 주고는 기운을 어떤 식으로 움직여야 할지 알려주었고 두 사람 다 생각보다 빨리 알아들었다.

"지후야. 그럼 길드원들 언제 다 모을까?"

"길드원들을 왜 다 모아?"

"네가 훈련시키라며. 처음엔 알려줘야 할 거 아니야."

"그걸 내가 왜? 누나가 무영보 알잖아. 여전히 기초지만. 누나가 알려줘. 내가 알려줄 필요는 없잖아."

"알겠어…"

내가 처음 길드에 가입한 이유는 누나 때문도 있었지만 귀찮은 일을 피할 방패가 필요해서였지.

미라클 길드의 이름을 이용해서 날 파리를 막으려고 했는데 날 파리들은 생각이 없어서 요즘은 딱히 미라클 길드라는 방패로도 의미가 없지. 자잘한 거야 막아 주지만.

요즘처럼 외국에서 오는 잦은 연락에는 형도 딱히 적절하게 대응을 못하고 있어.

그리고 미라클 길드와 너무 깊이 엮였어. 나한테 너무 의지하려고 하고 있어.

나중을 위해서도 그건 좋지 않아.

이제는 정말 미라클 길드에서 나는 이름만 남겨놓는 상징적인 존재가 되어야 해.

그리고 아영이가 들어 왔으니 오히려 앞으로 대응은 더 편해졌다.

제대로 S팀을 만들어야 해.

마지막 선물로 길드원들한테 1인분을 할 기회는 줬으니 이 다음은 각자의 노력에 달린 거지.

지현과 수혁이 지후의 사무실을 나가고 사무실에는 아영과 지후만이 남게 되었다.

지후는 아공간에 있는 아이템을 꺼내어 테이블에 올려놓았다.

"앞으로 네가 쓸 물건들이야."

"네?"

지후가 꺼낸 것은 S급 방어구와 S급 활, 그리고 부츠와 망토였다.

바로 미국에서 브라질의 레일라에게서 벗겨 온 아이템이 었다.

아영 또한 지후가 꺼낸 아이템을 알아봤고 황당하다는 눈빛으로 지후를 바라보고 있었다.

"이건…. 브라질의 S급 헌터 레일라의 것들 아닌가요?"

"맞아. 앞으로는 네가 쓸 거야."

"하지만…."

"뭐가 불만이지? 남이 쓰던 거라? 너는 악세서리 아이템 은 많지만 제대로 된 무기나 방어구는 없는 것 같은데. 가 릴 처진가? 그리고 이건 전부 S급 아이템이야. 구하고 싶어 도 못 구한다는. 그리고 이건 레일란가 뭔가 하는 년의 물 건이 아니야. 내 손에 들어왔으니 내 것이지."

"네…."

실프의 활(S급) – 화살이 필요 없음. 바람의 정령 실프가 활에 존재함. 실프가 보는 것을 사용자가 볼 수 있음. 바람 의 화살 가능. 실프로 인해 정확한 조준이 가능.

공격력 150% 증가. 관통력 150% 증가.

빙룡의 갑옷(S급) – 무기에 얼음 속성을 사용 가능. 속성 력 사용 시 상대의 움직임을 둔화 시키거나 얼려버릴 수 있 음.

방어력 100% 상승. 이동속도 100% 상승.

실프의 부츠(S급) – 바람을 조정 할 수 있음. 플라이 스킬. 이동속도 200% 증가. 회피율 50% 증가.

빛의 수호 망토(S급) – 실드 스킬 사용 가능. 힐 스킬 가능. 방어력 50% 증가. 회피율 50% 증가. 이동속도 50% 증가.

처음엔 레일라의 것이라서 찝찝했지만 지금은 엄청난 능력치로 인해서 부담이 되는 아영이었다.

"이건 투자야. 그러니까 제대로 하라고."

"네."

"넌 수혁이형한테 보법을 배워. 내가 그러라고 했다면 알려 줄 거야. 그리고 내가 알려주는 마력 호흡법을 배운다면 더 이상 네가 보기 싫은 남의 생각을 읽는 일은 없을 거야. 그리고 내가 널 원거리 딜러로 만들려는 이유는 하나야. 넌 아무리 상대의 생각을 읽는다지만 근접전투를 하기에는 경험이 너무 없어. 그러니까 적의 생각을 읽고 공격해. 그리고 너에게 공격을 하려고 한다면 도망치고. 물론 동료들의 상황을 봐서 힐을 주는 것도 네 담당이야. 네 망토에 힐러 스킬 있는 거 알지?"

"네."

"그럼 제대로 연습해서 나한테 쓸모 있는 사람이 되기를 바랄게. 만약 발전이 더디다면 난 너를 협회로 다시 보내거나 내 팀에서 내보낼 거야."

"네…."

생각이상으로 아영과 소영은 독했고 실력이 빠르게 늘어 갔다.

'아영인 이제 3일? 소영인 4일 됐나? 원래 마력이야 충분했고 사용법을 몰랐던 거라지만 정말 실력이 빨리 늘어나네. 쟤네가 독한 건가?'

지후는 훈련 중인 두 사람을 보면서 어떻게 굴려야 더 빨리 실력이 늘어날지 생각을 하고 있었고 역시 실전만한 게 없다는 생각을 하고 있었다.

생각이 든 순간 지후는 그 둘을 데리고 웨이브로 도망쳐 나온 몬스터를 토벌하는 곳으로 향했다.

그리고 3일이 흐르고 나서야 지후는 아영과 소영을 데리고 사무실로 돌아왔다.

역시 실전만큼 효과가 좋은 건 없다.

백날 연습만 해봐야 소용이 없다. 직접 살을 베고 베일 것 같은 곳에서 진정으로 실력이 늘어나는 것이다.

지후는 사무실로 돌아오자 자신의 사무실 앞에 진을 치고 있는 사람들을 보며 짜증이 피어오르고 있었다.

"너희들 뭐야."

"저는 일본에서…."

"저는 영국…."

지후는 그 곳에 20여개 국가의 대사관 직원들이 있는 것을 보고는 인상을 찡그리며 그들을 가로질러 사무실로 들어갔다.

"아영아. 지금 이게 뭔지 해결하고 들어와."

"네."

지후가 아영을 부하부리 듯 대하는 것을 보고는 다들 놀란 듯이 바라봤지만 전아영 협회장이 협회를 그만두고 지후의 밑으로 들어갔다는 소문이 사실이라는 것만 확인할 수 있었다.

10분정도가 흐르자 아영은 지후의 사무실로 들어올 수 있었다.

"그래 왜 왔대?"

"다들 자국에 있는 웨이브를 해결해 주기를 바라고 있어요. 지금 이 웨이브를 해결한 곳이 저희와 UAE뿐이에요. 하지만 UAE는 거의 궤멸상태라며 도움을 줄 수 없다는 반응이죠. 사실 지금 다른 나라와 우리나라의 피해상황을 비교하면 우리는 거의 미미한 수준이고요. 시간이 흐를수록 엄청난 타격을 입고 있으니까요. 현재 B급 웨이브가 시작한 곳까지 나왔으니 다들 상황이 안 좋습니다."

"조건들은?"

"다들 비슷해요. 하지만 미국과 영국, 일본이 가장 좋아요."

"비슷한 게 뭔데?"

"한화로 2조원이요. 그리고 몬스터로 얻을 수 있는 모든 건 자국에 매각하는 것입니다."

"자국에 매각? 한 마디로 강화석도 내가 가지고 갈 수 없다는 거네?"

"그렇죠."

"이것들이 나를 호구로 보나? 겨우 2조원에 중요한 것까지 다 자기들이 챙기겠다고? 나머지 세 곳은? 아니다. 일본은 빼고 미국이랑 영국에 대해서만 말해봐."

"저 일본은 왜 빼시는 건지? 정황상 상황은 지금 일본이 가장 안 좋아요. 돕는다면 일본을 도우시는 게…."

"아영아. 내가 일본정부에서 일하는 새끼 뺨 때린 건 알지? 그리고 왜 때렸는지도 알아? 난 그때 분명히 모든 국가에 말했어. 뒷말하는 새끼들과는 어떤 협상도 상종도 안 한다고. 그러니까 일본은 내 알바가 아니야."

"하지만…."

"너 일본에 가족이라도 있어?"

"없습니다…."

"그럼 신경 꺼. 나랑 일하고 싶으면 생명의 존엄함이니 그런 헛소리 할 생각은 하지 마. 네가 나한테 맞추는 게 편할 거야. 나를 너한테 맞추게 할 생각이라면 당장 그만두기를 권하지."

"죄송합니다. 제가 경솔했습니다."

"됐고 미국이랑 영국 조건부터."

"미국은 5조원과 몬스터에서 나온 부산물을 자국에 매각해 주기를 요청했습니다. 단 보스몬스터의 강화석에 관해서는 지후님이 사용하신다면 판매하지 않으셔도 된다고 합니다. 단 혹시 팔 계획이 있으시다면 우선 협상권을 자신들에게 달라고 했습니다. 그리고 영국은 6조원에 같은 조건입니다."

"음…."

지후는 고민을 하다가 아공간에 넣어둔 핸드폰을 꺼내어 봤다.

예상대로 친구의 전화가 많이 와있었고 지후는 잠시 통화를 한 뒤에 아영에게 미국으로 간다고 말을 했다.

"저 조건은 영국이 더 좋은데… 왜 미국부터 가시는 건지?"

"미국은 내 친구가 있잖아. 영국은 나랑 아무런 접점이 없어. 뭐 이제 나한테 5조나 6조나 별 차이 없어. 어차피 통장에서 썩는 건 같은데. 그렇다면 친구가 힘들다는데 친구부터 도와줘야지. 앞으로도 애용해야 하는데 이 기회에 빚을 좀 만들어 놔야지."

"알겠습니다. 그럼 미국행 티켓은 언제로 준비할까요?"

"준비할 거 없어. 비행기 보낸대. 내일 저녁에 출발할 거니까 소영이한테도 말해서 둘 다 준비 잘 하고."

"저희도 가는 것입니까?"

"당연하지. 실전이 어려울수록 빨리 실력이 느는 거야."

"알겠습니다."

아영은 지후의 사무실에서 나가며 속으로 쾌재를 부르고 있었다.

소영도 함께 가는 것이지만 그건 어쩔 수 없는 일이다. 만약 자신이 아직도 협회장으로 남아 있었다면 소영과 지후가 단둘이 미국을 갔을지도 모른다는 생각에 역시 협회를 관둔 건 잘한 일이라고 생각하는 아영이었다.

물론 지후의 사무실에서 나오자마자 미국대사관 직원만 환호성을 질렀고 지후의 사무실 앞에 있는 각국의 대사들의 항의와 욕설에 아영은 욕받이로서의 의무를 다하고 있었다.

지후는 기감으로 밖의 상황을 다 듣고 있었고 역시 아영을 들이길 잘했다는 생각을 하고 있었다.

욕도 먹어본 년이 잘 먹는다고 협회일이라는 게 잘해도 욕먹고 못해도 욕먹는 자리다. 하다못해 아영은 협회의 협회장이었다. 그렇기에 지금 능숙하게 욕받이 역할을 잘 해내는 것을 보며 지후는 만족한 웃음을 짓고 있었다.

15. 월드 투어

15. 월드 투어

지후는 미국에 도착했지만 지난번 같은 성대한 환영은
없었다.

그저 친구의 조촐한 환영을 받을 뿐이었다.

지금 미국 전역이 웨이브로 인해서 몸살을 앓고 있기에
지후를 환영하러 밖으로 나온다면 그것은 피해를 늘리는
것이기에 미국은 지후의 입국사실을 숨겼다.

물론 다른 나라들도 지후의 미국행에 대해 알리지 않았
다.

지후를 데리고 오지 못한 자국의 무능을 알리고 싶지 않
았기 때문이다.

지후가 미국에 도착하자 오마바와 합동 기자회견을 열었고

대한민국에서 웨이브를 성공적으로 막아낸 지후가 미국에 왔다는 사실에 대피소에 있던 미국인들은 열광했고 곧 대한민국처럼 정상화가 될 거라는 희망을 갖게 되었다.

미국인들은 제발 지후가 미국인이 되어주었으면 좋겠다며 말을 하기도 했지만 민감한 문제인 만큼 입 밖으로 말하는 사람은 많지 않았다.

미국의 정치권이 지후와 관계를 유지하기 위해 노력중이며 지금도 지후가 친구라며 가장 먼저 미국을 돕기 위해 왔다는 지자회견에서의 말만으로도 우선은 만족해야 했기 때문이다. 괜히 말을 꺼내다가 지후의 마음이라도 상한다면 그동안 쌓아온 관계가 무너질 수도 있다는 생각에 다들 지후에 대해서는 조심스러웠다.

하지만 기자회견은 그렇게 미국인들의 희망처럼 긍정적이게 진행되지는 않았다.

타국의 기자들이 지후에게 공격적인 언변을 펼쳤기 때문이다.

"러시아 투데이의 기자 이고르입니다. 지금 수많은 나라가 웨이브로 인해서 고통을 받고 있습니다. 미국이후에 다음은 어느 나라로 레이드를 갈 계획이십니까?"

"계획이 없습니다."

지후는 덤덤한 말투로 한마디를 했고 기자들은 기회라도 잡았다는 듯이 언성을 높이며 지후를 물어뜯기 시작했다.

"이지후씨는 너무 무책임 한 것이 아닙니까?"

"큰 힘을 가지고 왜 다른 사람을 돕지 않습니까?"

"큰 힘엔 큰 책임이 따른다는 것을 모르시는 겁니까?"

"이지후씨에게는 생명의 소중함도 없습니까?"

"충분히 막을 수 있으면서 왜 방치하는 것입니까?"

"닥쳐!"

지후는 더는 못 들어주겠다는 듯이 큰 소리를 쳤고 순간 기자회견장은 조용해졌다.

지후의 기백에 모두 압도되었기 때문이다.

"너희들 뭔가 착각하는 거 아니야? 내가 너희들의 나라 사람인가? 아니면 내 지인인가? 내 몸은 하나야. 그런데 너희를 다 지켜달라고? 억지 쓰지 마. 너희 나라로 돌아가서 너희나라 헌터한테 해. 그리고 너희들의 나라 대부분이 나한테 조건을 너무 거지같이 가지고 왔어. 어이가 없네. 내 목숨 값을 헐값으로 알아? 그리고 몬스터를 잡은 사람이 소유권을 주장하는 건 레이드계의 불문율이지. 그런데 보스몬스터를 잡고 얻을 수 있는 아이템을 넘기고 가라는 조건을 다는데. 내가 무슨 이익이 있어서 너희들의 나라에서 레이드를 해야 하지?"

"하지만 생명이…."

"지랄하고 있네. 내 생명은? 너희들 목숨만 중요해? 내 목숨도 소중하거든. 레이드 도중에 내가 죽으면 슬퍼

할 우리 가족은 어쩌고? 내가 왜 너희들을 위해 목숨을 걸고 레이드를 해야 하지? 할 이유가 없잖아. 내가 조건만 보고 미국에 왔다고 생각해? 조건은 영국이 가장 좋게 불렀어. 그런데도 왜 미국에 왔냐고? 미국엔 내 친구가 있으니까. 그런데 너희들의 나라와 나와 무슨 관계지? 내 목숨을 버려가면서 너희를 왜 지켜야 하지? 내가 그렇게 하찮은 인간은 아닌데. 그리고 나는 신이 아니야. 나 혼자서 모든 몬스터를 막거나 상대하는 건 불가능 해. 나랑 이렇게 쓸데없는 시간낭비를 할 시간에 나라면 UAE에 가서 어떻게 웨이브를 막았는지 방법을 물어 볼거야. 나보다 훨씬 가능성이 높으니까. 거기는 내가 없이 성공했잖아."

지후는 말을 마치고는 자리를 박차고 일어나 빠져 나갔다.

물론 이 기자회견 이후에 지후가 그동안 쌓아온 이미지는 많이 내려갔지만 미국이 뒤에서 많이 힘을 내주어 여론이 최악으로 치닫지는 않았다.

지후 혼자 모든 걸 할 수는 없다는 여론을 만들었고 UAE의 방법도 있다며 여론몰이를 했기 때문이다.

사실 UAE가 알려 준 방법은 많은 희생이 있어야 가능한 방법이다.

그리고 미국은 정말 UAE가 그 방법으로 보스몬스터를 잡았나 의문은 있었지만 당장 그걸 파헤치고 있을 시간은 없기에 UAE가 알려준 방법을 언론에 배포했다.

모든 화기를 동원해서 폭격하고 헌터들이 끊임없이 달려들어서 상대하는 방법이기 때문에 효율은 극악이고 많은 희생이 나올 수밖에 없는 방법이지만 당장 가능한 방법은 그 방법밖에 없기에 미국을 제외한 다른 나라들은 그 방법을 시도할 수밖에 없었다.

보스몬스터의 위치를 알고 있는 미국이었기에 지후는 미국에 도착한 다음날 바로 레이드를 시작했다.

미국의 길드와 헌터들이 총 동원해서 레이드를 시행하고 있었다.

세계1위의 제우스 길드와 다른 세계적인 길드들과 여러 S급 헌터들이 있었지만 다들 지후의 지휘에 잘 따르고 있었다.

제우스 길마나 다른 길드의 S급 헌터들은 지난번에 지후에게 까불던 S급 헌터들이 어떤 일을 겪었는지 알고 있었기에 지후에게 경솔한 행동을 하지 못하도록 사전에 모든 헌터들을 주의 시켰다.

또한 지후의 곁에는 다른 S급 헌터인 전아영이 있었다. 그리고 그녀가 하고 있는 무구를 보고 S급 헌터들은 더욱 신중한 행동을 할 수밖에 없었다.

자신들이 잘 알고 있는 레일라의 물건들이었기 때문이다.

그리고 전아영 또한 S급 헌터다. 그런 그녀가 지후에게 붙어 있는 모습을 보니 이제 지후의 세력마저 무시하지 못할 정도라고 느끼고 있었다.

다만 아이러니한 점은 전아영은 전투와 관련된 능력을 가진 헌터가 아닌데 레일라의 장비를 착용하고 있다는 점이었다.

그 의문은 레이드가 시작하자 경악으로 다가왔다.

지후의 양 옆에 있는 아영과 소영의 활약 덕분이었다.

사실 뭐 그렇게 대단한 실력은 아니었다. 하지만 아영은 여태까지 직접 전투를 한 적도 없었고 전투에 적합한 능력이 아니라는 것도 모두가 알고 있는 사실이었다. 하지만 지금 아영의 모습은 레일라에게는 미치지 못하지만 제법이었고 간간히 보여주는 센스는 오히려 레일라보다 좋았다.

다들 아영의 본래 능력이 어떤 것이었는지 생각하고는 설마 그걸 이용할 생각을 했다는 생각에 경악을 하고 있었다. 앞으로 조금만 더 전투에 익숙해진다면 자신들도 아영을 상대하기 힘들지도 모른다는 생각이 들었기 때문이다. 그리고 단기간에 저 정도로 성장을 시킨 지후를 보며 절대로 지후와는 척을 저서는 안 된다는 생각뿐이었다.

지후는 끊임없이 전음으로 아영과 소영에게 지도를 하고 있었다.

그리고 생각 이상으로 아영과 소영의 호흡은 좋았다.

아영이 몬스터의 다리를 쏴서 얼리면 소영이 숨통을 끊어버리기도 하고 소영이 몬스터들에게 몰리면 아영이 몬스터들의 발밑에 실드를 만들어서 몬스터들의 균형을 잃게 만들기도 하면서 생각이상으로 둘이 환상의 호흡을 보여주고 있었다.

아영이 견제를 해주자 소영은 손쉽게 몬스터를 죽여 갔고 탱커는 없었지만 그 공백을 아영이 몬스터의 생각을 읽음으로서 충분히 대처해 주고 있었기에 둘의 호흡은 점점 좋아지고 있었다.

두 사람의 호흡을 보면서 지후는 흐뭇한 미소를 짓고 있었고 슬슬 자신이 나설 때라는 생각을 하며 강기를 날리며 길을 열었다.

어느 정도 정리가 되자 보스몬스터와 지후는 조우를 할 수 있었다.

"여! 또 보네! 아 다른 놈인가? 뭐 아무튼 지난 번에는 네 친구 때문에 내가 고생 좀 했거든 그런데 오늘은 내가 베스트라서 말이야. 빨리 끝내자고!"

지후는 자신감이 넘쳤고 방심은 없었다.

지난번에 했던 고생이 있었기에 아무리 자신이 있다고

방심을 하는 우를 범하지는 않았다.

지후의 주변엔 금빛 구슬이 떠올라 있었고 지후의 양손의 황금빛은 찬란하게 빛나고 있었다.

지후는 천왕보를 밟으며 보스몬스터에게 접근했고 지후의 일방적인 구타가 시작되고 있었다.

보스몬스터는 정신없이 지후에게 공격을 당하며 발버둥을 치며 검을 휘둘렀지만 지후는 검강을 가볍게 피하며 틈틈이 주변에 띄워 둔 강기들을 사용해서 철저하게 보스몬스터가 공격을 할 타이밍을 빼앗어 나갔다.

콰앙! 쾅! 쾅쾅쾅!

폭음소리와 지후의 권강이 보스몬스터의 몸에 작렬하는 소리만이 전장을 울리고 있었다.

보스몬스터가 비명을 지르는 소리에 지켜보는 헌터들은 소름이 돋았다.

대체 지후가 얼마나 강한 것인지 짐작이 안 갔기 때문이다.

"슬슬 끝내자."

지후는 주변에 띄워 놓은 강기들을 보스몬스터에게 모두 날렸고 보스몬스터는 강기를 피하기 위해 공중으로 뛰어 올랐다.

그 모습을 보며 지후는 미소를 짓고 있었다.

그 섬뜩한 미소를 본 보스몬스터는 무언가 잘못 되었다는 생각을 하고 있었다.

지후는 지금 사용할 초식을 잘못 사용하면 피해가 생각 이상으로 커지기 때문에 안전하게 보스몬스터를 공중으로 유인했던 것이다.

지후의 오른손에 엄청난 기운이 몰리는 걸 느낀 보스몬스터는 자신이 당했다는 사실을 느낄 수 있었다.

일부러 저기 보이는 인간 같지 않은 인간이 자신이 피할 수 없는 공중으로 자신을 유인했다는 것을 알 수 있었고 보스몬스터는 인간의 공격을 막아내기 위해 모든 기운을 검에 모으기 시작했다.

'천왕삼권. 제 일 식.'

"파천."

지후의 오른손이 휘둘러지자 황금빛 강기가 소용돌이치며 보스몬스터에게 향했고 보스몬스터는 그 공격을 전혀 막아내지 못했고 순식간에 세상에서 지워졌다.

지후의 황금빛 소용돌이는 몬스터뿐만이 아니라 하늘마저 삼켜버릴 기세로 하늘을 향해 쏘아져 나갔다.

보스몬스터는 그 어떤 흔적도 남기지 않고 사라졌고 보스몬스터가 있던 하늘에서는 보랏빛 구슬이 지상으로 떨어져 내렸다.

지후는 강화석을 낚아챈 후에 자신의 아공간에 집어넣었고 몬스터들이 갑자기 비명을 지르며 전장을 이탈하기 시작하며 전투의 끝을 알렸다.

오늘 전투는 지난번처럼 지후가 몰리거나 치열한 상황은

없었다.

남들이 보기에는 치열해 보였을 지도 모르지만 지후는 충분히 여유가 있었다.

지난번에는 소영으로 인해서 정신적으로 좋은 상황이 아니었지만 오늘은 베스트 상태에서의 전투였기 때문이다.

전투는 생각보다도 손쉽게 지후의 승리로 끝날 수 있었다.

그리고 이 전투를 보던 모든 헌터들은 지후의 무력에 경악을 할 수밖에 없었다.

다른 S급 헌터들도 지난번에도 지후는 자신들과 급이 다르다는 걸 느꼈지만 오늘 전투를 보고 지후와 자신들의 차이가 하늘과 땅 차이 정도로 아득하다는 사실을 느낄 수 있었다. 그 누구도 보스몬스터와 일대일을 벌여서 이길 수 있다는 생각이 들지 않았기 때문이다.

보스몬스터는 그냥 보기에도 압도적으로 강했고 빨랐다.

하지만 지후는 그 보스몬스터를 압도했다.

제우스 길드의 길드장은 인정하고 싶지 않았지만 인정할 수밖에 없었다.

지후 혼자로도 제우스 길드이상이고 세계 1위의 길드라고.

오늘 지후가 사용한 천왕삼권의 초식은 지후가 무림에

서 현경에 맞추어 개량했던 초식이다.

하지만 지후는 현경에 올라갔다 왔고 지금 자신이 현경과 어느 정도의 갭이 있는지 알아보기 위해 천왕삼권의 일 초식인 파천을 사용했던 것이다.

누구도 눈치 채지 못했지만 지후의 오른손은 미세하게 떨리고 있었다.

화경의 경지에서 현경의 무공을 펼쳤기 때문이다.

다행히 피해는 크지 않았다. 정신력이 많이 고갈되고 육체가 좀 놀라긴 했지만 현경의 경지에 그리 멀지는 않았다는 것을 알 수 있어서 만족스러운 지후였다.

만약 지후의 경지가 많이 모자랐다면 지금 서있기도 힘든 상황이었을 것이기 때문이다.

지후가 스스로 만족하며 상념에 빠져 있을 때 아영과 소영이 지후의 곁으로 다가 왔다.

아영과 소영은 얼굴을 붉히며 지후의 양 옆에 서고 있었다.

"수고하셨어요."

"오빠 수고했어요."

아영과 소영이 지후의 곁으로 가자 웨이브가 종료됐다는 사실을 이 자리에 있는 헌터들은 알 수 있었고 헌터들의 환호성과 그 자리에 있던 S급 헌터들의 축하에 지후는 잠시 시달려야 했다.

미국에 온지 이틀 만에 이뤄낸 성과에 전 세계는 다시

지후에게 열광했고 자신들도 도와달라며 지후에게 몰려들기 시작했다.

〈3권에 계속〉

세계 최고의 연기자에게 붙는
위대한 칭호 **연기의 신神**

사람의 마음이 색으로 보이는 **강신!**
홀어머니 아래 잘 자라던 그에게
어머님의 죽음이란 시련이 닥쳐 오지만
부모님의 친구였던 분에게 도움을 받아
어려움 없는 유년 시절을 보내게 된다!

우연찮은 기회에 보게 된 뮤지컬 **[레미제라블]**로 인해
그는 연기의 매력에 푹 빠져 들게 되고
독학으로 연기 공부를 시작하게 되는데!

메소드 METHOD

배우가 배역을 연기하기보다 배역 그 자체가 되는 기술!
타고난 연기 천재가 펼치는 메소드 연기는 어떤 연기일까.
인간의 연기일까? 아니면 신의 연기일까?

국내를 넘어 세계로 뻗어 나갈
신의 연기가 지금 시작된다!

북두 백락白樂 현대판타지 장편소설
NEO MODERN FANTASY STORY

만렙 버서커

그력, 민첩성, 체력, 잠재력 측정불가!
1투에 미쳐 항상 피를 갈망하는 버서커!

최 강 해 !

l댈 곳이라곤 게임밖에 없던 시절
2가 게임 캐릭터와 합쳐진 모습으로
나타지아 세계에 떨어진 최강해!

l곳에서 최강자 자리에 오르고 모든 것을 버린 뒤
l한 여행길에 맞이한 현시대로의 귀환!

l신이 원래 살던 현시대와는 달라졌지만
l서커의 특성을 가진 강해의 입맛에 딱 맞게
l한 현실에 매우 만족스러워 하지만!

l딜 가나 어두운 부분과 악한 부분은 있기 마련
l가 원하는 건 강자와의 대결과 완벽한 쓰레기 청소!

l 알 길을 막지 바라 막는 자애게 자바란 없으니!

슈빌 현대판타지 장편소설
NEO MODERN FANTASY STORY

※출판 일정에 따라 출간일은 변경될 수 있습니다.

발칸레이븐 현대 판타지 장편소설

전설이 돌아왔다

서기 2017년.

지옥에서 악마가 지상으로 올라온다.
인류는 그저 먹이감으로 전락하고 마는데……

SSS등급 각성자 강혁준은 반전을 꿈꾸며
악마와 결전을 벌이지만 인류의 배반으로 실패한다.

'다시 한 번 나에게 기회를 준다면……'

그의 소원은 이루어지고,
마침내 **전설**이 다시 돌아온다.

발칸레이븐 현대판타지 장편소설

『전설이 돌아왔다』